CW00971341

Nathalie Rheims

Le Rêve
de Balthus

Gallimard

Fille de l'académicien Maurice Rheims, Nathalie Rheims rêve d'abord de devenir actrice. À dix-sept ans, elle entre au Conservatoire de la rue Blanche, puis joue au théâtre et dans des téléfilms. En 1984, elle commence à travailler pour le magazine *Elle*. Elle devient productrice de télévision en 1986, avant de créer une société de communication avec son mari. C'est en 1999 qu'elle saute le pas et devient romancière. Son premier livre, *L'un pour l'autre*, confirme sa vocation : il obtient le prix du Gai Savoir.

pour Claude
pour Léo et Raphaël

à Maurice

Elle se réveilla en sursaut. Dans sa chambre tout semblait calme. Elle était glacée ; peut-être le froid de l'hiver ou bien la sensation que quelque chose s'était passé, avait changé. Était-ce le cauchemar qui la hantait ?

Pourtant, comme tous les autres soirs, sa lampe de chevet allumée, elle était allongée sur son lit, la tête vide, et contemplait le trou noir de la baie vitrée à travers laquelle se dessinaient les contours de l'immeuble d'en face.

Un appartement inoccupé y était plongé depuis toujours dans une obscurité qui la renvoyait à sa propre solitude. Mais, dans ce gris matin-là, un étrange reflet, comme une guirlande de petites ampoules alignées, faisait apparaître les couleurs pâles d'un grand tableau.

La jeune fille se leva, posa ses mains contre la vitre, ferma les yeux puis les rouvrit, pour s'assurer qu'elle ne rêvait pas. Une silhouette allait et venait. Une présence, une ombre s'était installée.

Elle fut saisie, comme si son sang se figeait. Le tableau représentait une image qui n'était autre que celle de son rêve. Le flou se précisa ; la réalité rejoignait la vision qui troublait son sommeil.

Tout lui revint. Le visage de son père disparu quelques mois auparavant, la laissant plus seule encore, sa voix semblant venir de cet appartement vide, cette phrase sans cesse répétée :

« Tout est dans *Le Rêve* de Balthus. »

Seule la toile était éclairée. Le reste, plongé dans l'obscurité, ne laissait deviner qu'une silhouette à contre-jour qui la regardait.

Ce qu'elle avait pris pour une illusion, qui chaque nuit la réveillait, était réel. Le tableau lui faisait face. Il était accroché au mur. Elle pouvait maintenant en distinguer les personnages et le décor.

Une jeune fille aux cheveux châtains était allongée sur un canapé, la main droite sous la tête, abandonnée au sommeil, vêtue d'une veste émeraude, d'une jupe de couleur sombre qui laissait apparaître des bas blancs et une ballerine rouge.

Elle dormait de façon légère, sans rien froisser de ses vêtements. Penchée au-dessus d'elle, flottant dans un flou irréel, une autre jeune fille, blonde aux cheveux longs, en jupe couleur tanzanite et tenant à la main une rose jaune, semblait lui dire :

— Je suis ton rêve. Ne te réveille pas, sinon je disparaîtrai.

Le décor : une console, recouverte d'un Kilim, derrière une banquette, un drageoir posé sur le tissu, une imposante armoire surmontée d'un damier. Au premier plan à droite, une table à jeu, avec, sur le plateau, une cafetière, une tasse, une serviette, comme si la jeune fille endormie avait attendu trop longtemps quelqu'un qui n'était pas venu.

Qu'est-ce qui la troublait dans cette image ? Le songe de sa nuit, l'apparition de la toile, ou bien le doute qui s'était installé peu à peu ? Le visage de l'allongée, dont elle ne pouvait plus se détacher, n'était-il pas simplement le sien ? Ces cheveux ondoyants aux reflets vénitiens, ces yeux clos, cet ovale, oui c'était bien elle qui se contemplait comme dans un miroir d'une fenêtre à l'autre.

Le tableau dont elle venait de rêver s'incarnait. Il lui comprimait la gorge, les tempes, l'empêchait de respirer. Elle ne savait plus si cette image était un songe familier ou une illusion fugitive, et s'accrochait à la phrase prononcée par son père : « Tout est dans *Le Rêve* de Balthus. » Mais que signifiait ce « tout » ? Le secret de la vie, de la mort, de l'au-delà ? Pourquoi ces deux jeunes filles, l'une la représentant et l'autre inconnue et floue ?

Sa vie lui apparut soudain comme une impasse. Sa solitude devenait une prison ou elle purgeait sa peine, condamnée par elle-même pour des raisons obscures. Voir, aller vers les autres, leur parler, lui était devenu insupportable. Les relations tissées avec ses proches l'avaient conduite à des séparations définitives. Le plaisir de rompre avait tout effacé, lui procurant une forme d'ivresse délicieuse.

Elle ne sortait presque plus, avait cessé de lire, débranché le téléphone, s'était lentement détachée de tout, de tous, de l'amour, des croyances. Elle passait son temps assise sur son lit, les yeux fermés.

Mais dans ce matin bleuté, à nouveau, son désir revenait. Ouvrir grand les fenêtres, s'envoler, aller en face sans peur du vide. Elle ne pouvait plus détacher son regard de cette ombre présente, disparaissante, et plissait les yeux pour en dessiner les contours, ceux d'un homme sans doute, perdu dans ce clair-obscur.

Il s'était arrêté, la dévisageait. Elle se laissa glisser sur le sol, attrapa ses vêtements et s'habilla.

Il fallait maintenant que le songe devînt réalité. Sortir de ce sommeil somnambule, descendre, aller sonner chez l'inconnu.

Quelqu'un frappa à la porte. Trois coups brefs. Elle ne bougea pas.

— Qui est là ?

— J'ai quelque chose pour vous.

La porte s'entrouvrit, une main tendit une enveloppe. La saisissant, elle crut reconnaître le visage de sa voisine, et retourna à la fenêtre pour ouvrir le pli.

Une photographie en noir et blanc de petit format. Ses mains se mirent à trembler. Elle enfant, allongée sur un canapé, la main contre la joue, s'abandonnait à un sommeil sans souvenir.

Le décor, les objets, les tissus, tout ressemblait au tableau. Elle se regardait dormir sur cette image, sans la moindre idée de l'endroit ni de l'instant où avait été pris le cliché. Tout y figurait, tout, sauf l'autre jeune fille. Seule dans un décor sans mémoire. Un mot était écrit au dos : *Amitiés. Votre voisin d'en face.*

Pour la première fois elle se décida, franchit le seuil, descendit l'escalier. Ses jambes la portaient avec difficulté. Arrivée dans la cour, elle se tenait aux murs pour avancer, prise de vertige. Dans l'immeuble d'en face, montant une à une les marches des cinq étages, elle s'arrêta plusieurs fois.

Sur le palier, il était là. Il la fit entrer en silence dans une pièce sombre, éclairée seulement par une rampe lumineuse fixée au-dessus du tableau. Il prononça enfin ces mots :

— Merci d'être venue. Asseyez-vous.

Il désigna un fauteuil. Elle le sentait troublé. Ses mains le trahirent au moment d'allumer une cigarette. Il reprit :

— Si vous saviez comme je vous ai cherchée.

Puis, dans un souffle, ajouta :

— Je ne sais par où commencer.

L'avait-elle déjà rencontré dans son enfance ?

— Je vous demande pardon de m'être installé ici. J'avais besoin de vous sentir proche, de vous regarder vivre.

Son visage était d'une beauté douce. Ses traits sculptés laissaient voir un regard encore jeune. Sa voix la ramenait au passé et un vague souvenir lui revint. Dans une pièce immense et froide elle s'endormait, lasse d'avoir attendu. C'était bien elle qui sombrait dans un sommeil profond, après plus rien, plus de réveil, ni de souvenirs. Sa vie, à cet instant précis, semblait s'être arrêtée.

L'homme déversait un flot de paroles dont la jeune fille ne parvenait pas à saisir le sens. Le tableau lui renvoyait un passé sans avenir. Était-ce de l'amnésie ? Elle eut la force de l'interrompre :

— Comment m'avez-vous retrouvée ? Cette question la libéra, sa respiration se fit plus légère. Elle insista :

— Est-ce moi que vous cherchiez ?

Il se tut un long moment avant de répondre.

— Celle que je cherche ce n'est pas vous, c'est l'autre jeune fille.

Il pointa alors son doigt en direction de la rose jaune.

— Je la connais ?

Il sourit :

— Je ne sais pas.

Ses larmes montèrent :

— Alors pourquoi pensez-vous à moi ? Comment puis-je vous aider ?

Il lui prit la main.

— Je vous le dirai. Vous êtes mon seul espoir.

— Taisez-vous.

Elle se leva brusquement, alla vers la porte, la claqua, descendit, courant d'un immeuble à l'autre, rentra, se jeta sur son lit, noyée par les sanglots, avec l'envie que tout s'arrête, se recroquevilla, et finit par s'endormir.

À son réveil, l'homme était derrière la fenêtre, la fixant intensément de l'autre côté de la rue. S'approchant de la table, elle regarda attentivement la photo qui avait servi de modèle pour la toile, et en reconnut tous les éléments.

La table à jeu recouverte d'un tapis de feutrine sur laquelle étaient posés le plateau, la cafetière, la tasse et une serviette, le canapé dans lequel elle s'était endormie, puis, derrière, la console au Kilim, le drageoir, et, au dernier plan, l'armoire, avec l'étrange échiquier qui semblait suspendu.

En entrant chez l'inconnu, elle avait pu voir la toile de près. Des lignes tracées au crayon semblaient avoir été dessinées avant que la peinture ne l'eût recouverte. Comme une sorte de trame, affleurant encore parfois derrière les couleurs, les rendant transparentes. C'était plus net encore dans la chevelure de la jeune fille à la rose dont la coiffure et une partie du visage étaient quadrillées.

Cela donnait au personnage comme un

halo plus irréel. Elle était le songe de l'autre endormie. *Le Rêve* de Balthus était le sien.

Au dos du cliché était écrit au crayon noir : *Pour Le Rêve II.*

Fallait-il chercher le sens de ces mots ou refermer toutes les portes, rester dans sa solitude, à laquelle rien n'avait pu l'arracher ? Perdre la mémoire et sombrer dans l'oubli ? Le peintre avait-il exécuté deux tableaux ? Elle ne pouvait s'en détacher pourtant, comme si tout dépendait de la réponse à cette interrogation dérisoire. Ses angoisses la gardaient prisonnière de la phrase prononcée par son père : « Tout est là. » Tout et rien d'autre. Comment « tout » peut-il dépendre d'une seule chose ? Alors un son lointain, comme une voix enfantine, la berça doucement :

Te souviens-tu de moi ? Je suis l'autre. Celle de
  la chanson :
Deux jeunes filles du même âge
Ne feront plus qu'une
Le jour de l'apparition d'un ange
Elles seront sacrifiées
Au nom de sainte Ursule
Et s'endormiront
Pour l'éternité.

Quel était ce refrain, cette comptine aux notes lancinantes ? L'image de l'inconnue devenait l'unique porte pour s'échapper. Et cet homme, maintenant, la jeune fille voulait le revoir, lui parler à nouveau, retrouver la sensation d'apaisement qu'il lui avait procurée. Elle traversa la rue.

— Je suis heureux que vous soyez revenue. Entrez.

Elle eut envie de toucher sa joue, et lui demanda d'une voix sourde :

— Y a-t-il un autre *Rêve* ?

Il la regarda en souriant.

— Oui.

À gauche du tableau, une femme âgée apparut. Plongeant intensément son regard dans celui de l'hôte, elle attendait un signe pour entrer.

Il acquiesça. C'était la voisine attentive qui venait la voir parfois, s'inquiétant de son retrait, de son absence d'appétit, celle qui lui avait offert un étrange médaillon pour ses vingt ans, un ange peint sur une miniature. Depuis, elle le portait à son cou. Cette femme lui avait tendu l'enveloppe dans la pénombre de cette fin de jour.

— Laissez-moi vous expliquer. Cet homme cherche sa fille depuis sept ans. Vous êtes son dernier espoir de la retrouver. Je vais vous dire une chose difficile à comprendre, mais il faut me croire : vous êtes médium. Vous avez le pouvoir de communiquer avec les absents, vivants ou morts.

La jeune fille était désemparée. Elle regardait l'inconnu, semblait lui dire : « S'il vous plaît, aidez-moi. » Mais il restait tête baissée. La prenant par les épaules, la femme lui dit :

— Écoutez-moi, nous ne sommes pas des ennemis. N'ayez pas peur. Vous seule pouvez nous aider. Sur la photographie que je vous ai remise c'est bien vous qui dormez dans le canapé.

L'homme désigna l'autre jeune fille du tableau et sortit de son silence :

— Cette toile a été exécutée à partir du cliché, qu'elle reproduit fidèlement. Le peintre préparait son travail en créant une mise en scène dans un décor réel, puis il dessinait à partir de sa prise de vue. Regardez bien, tout y est identique, tout, sauf celle qui est au-dessus de vous. Aucune trace de cette jeune fille n'apparaît ailleurs, ni sur la photographie, ni sur les esquisses préparatoires au tableau. Selon l'enquête judiciaire menée au moment de sa disparition, le peintre a juré ne l'avoir jamais rencontrée. D'après lui, c'est en fixant intensément l'image qui vous représente allongée seule dans son atelier qu'il a vu se former celle de l'absente, comme s'il avait pénétré votre imaginaire. Il a ensuite fait exister ce spectre dans son tableau. Votre rêve avait pris corps. Cette apparition, il était le seul à avoir pu la percevoir.

La jeune fille s'était assise par terre, accablée par le poids de ces révélations.

Il poursuivit :

— Je sais que tout cela peut vous paraître extravagant. Si les enquêteurs sont sceptiques, si certains pensent qu'il s'agit d'hallucinations provoquées par la douleur de la perte, nous sommes convaincus que le peintre dit la vérité. Il n'a jamais rencontré ma fille. Elle lui est apparue à travers votre songe. Vous êtes sans doute les deux maillons d'une force insensée, d'un pouvoir surnaturel.

Ce récit la plongeait dans un trouble, une spirale sans fin. Sa propre vie lui échappait. Tout s'obscurcissait. Pas une lueur.

Il parlait doucement et lui murmura à l'oreille :

— Je voudrais tant pouvoir vous dire ce qui pèse sur mon cœur.

Elle dit à voix basse :

— Je ne me sens pas très bien.

La femme la prit par le bras.

— Je vais la ramener chez elle.

Sur le chemin, elle parlait encore :

— Vous savez, Léa — hé oui, je connais votre prénom —, j'ai élevé cet homme. J'étais au service de ses parents, une illustre famille vénitienne dont il est le dernier descendant. Sa vie fut remplie de fêtes, de succès, puis il eut cette petite fille, sans la désirer, d'une femme qui mourut brutalement, peu de temps après. C'est à moi qu'il la confia. Je lui donnai tout mon amour. Mais rien ne remplace un père, une mère. Lui voyageait constamment, collectionnant les femmes et les objets.

Léa, qui se laissait emporter par ce flot de paroles, voulait en savoir plus :

— Et après ?

La voisine eut un sourire mystérieux.

— Et puis ? insista-t-elle.

— Et puis... sa fille disparut. Elle venait d'avoir douze ans. C'est ce jour-là que pour lui tout a basculé. L'enfant devint son unique obsession. Il se sentait coupable, responsable de ce drame. Ce fut comme si sa vie se dérobait. Il était passé à côté d'elle, sans jamais l'avoir connue.

Léa reprit :

— Mais comment a-t-elle disparu ?

— C'est une étrange histoire, à la fois simple et compliquée. Je vous expliquerai. Je vous dirai ce que je sais, mais pas maintenant. Un jour nous irons à Venise.

Revenues chez Léa, elles s'assirent toutes deux sur le lit.

La nourrice prit le médaillon qui pendait au cou de la jeune fille :

— Vous le portez. Cela me fait plaisir.

Léa éprouvait pour la première fois depuis longtemps un sentiment d'éveil, comme après des jours d'un sommeil trop lourd. Un rayon de lumière traversait la chambre. Celle qui la ramenait lentement à la vie lui dit :

— Appelez-moi Nini.

Ce surnom lui allait si bien. Elle la regardait. Ses yeux étaient d'un bleu aux reflets de myosotis. Léa voulait rester près d'elle. Redevenir une enfant et l'écouter parler pendant des heures.

— Expliquez-moi, Nini, dites-moi tout, je vous en prie.

— Il y a sept ans, la petite fille devait se rendre à la confrérie de sainte Ursule, proche de l'église San Giovanni e Paolo, à Venise. Le peintre en avait fait son atelier. Angela, que tout le monde appelait Angie, devait poser pour lui à la demande de son père. Je l'avais moi-même conduite au vaporetto sur le Grand Canal. La confrérie de sainte Ursule est après le Rialto. Il ne lui restait qu'une centaine de mètres à parcourir à la descente du bateau. Nous ne l'avons jamais revue.

Léa alla vers la fenêtre, regardant cette image qui lui était devenue familière : le tableau éclairé et l'homme à contre-jour, qui la fixait. Elle pouvait maintenant imaginer son regard dans l'obscurité et restait pensive. Sans se retourner, elle demanda :

— Comment s'appelle-t-il ?

— Andrea.

Nini sortit sans bruit, laissant Léa seule dans la pièce vide. Ce retour au monde l'avait épuisée. Ses muscles tendus la faisaient souffrir. Elle s'allongea et s'endormit aussitôt.

Son rêve la ramena dans le tableau. Elle était assise devant la table à jeu. L'échiquier, décroché du mur, se trouvait maintenant posé devant elle. Andrea, assis de l'autre côté, lui disait :

— À vous de jouer, ma chère Léa.

Le damier était en pierres dures de différentes matières, œil-de-tigre, onyx, lapis et marbre gris, les pièces en ivoire sculpté de couleur blanche et verte.

Elle prit un pion entre ses doigts et l'avança, plongeant son regard dans celui d'Andrea. Tout au long de la partie, leurs yeux ne se quittèrent pas. Ils jouaient sans regarder l'échiquier. Sa gorge était sèche, ses mains tremblaient, elle cherchait à deviner son secret.

Il lui sourit et le visage d'Angie se superposa au sien. Une voix enfantine s'éleva :

« Léa, méfie-toi, la mort est là. Léa, réveille-toi. »

Elle se redressa, trempée de sueur, secouée par une quinte de toux. « Mon Dieu, quel cauchemar ! » Elle se leva, but de l'eau. En face, tout était éteint.

À Venise, dans son atelier, le peintre se tenait debout, appuyant sa main gauche sur la table à jeu, semblant hésiter. De l'autre main, il attrapa un fou blanc qu'il avança sur une case noire.

— Échec au roi, dit-il de sa voix métallique.

Le décor de son atelier était identique à celui du tableau, mais, comme dans le cauchemar de Léa, l'échiquier était posé sur le guéridon. Un homme assis de l'autre côté s'apprêtait à bouger son roi menacé.

— Alors, Andrea, vous jouez ?

— Tant qu'elle n'aura pas retrouvé la mémoire, cela ne marchera pas.

Balthus reprit d'un air ironique :

— Peut-être l'amour réveillera-t-il la belle endormie.

— Encore une partie que nous n'aurons pas le temps de finir, j'entends les autres qui s'installent.

Ils se dirigèrent au fond de l'atelier, là où, sur le tableau, se trouvait l'armoire. Balthus tourna deux clefs. Un loquet se déverrouilla, les portes à battants s'ouvrirent dans un grincement, découvrant une salle tout en pierre avec, au milieu, une grande table entourée de chaises. Le meuble était un trompe-l'œil qui donnait sur la salle du conseil.

Six hommes étaient assis, revêtus d'une cape rouge. Balthus et Andrea saisirent chacun la leur. Une voix s'éleva :

— Nous sommes au complet. La cérémonie du Cycle de sainte Ursule peut commencer.

Celui qui venait de prononcer ces mots alla vers le fond de l'oratoire. Il boitait, une chaussure haute lui enserrait le mollet. Son pas résonna. Il s'arrêta devant un drap noir suspendu au mur, puis, d'un geste ample et précis, retira l'étoffe. Un frémissement parcourut l'assemblée ; le mur était vide. Il reprit :

— Comme vous pouvez le voir, le dernier tableau du Cycle est manquant. D'après le Livre, nous sommes au dernier jour de notre calendrier. Et cette année, nous n'avons rien !

Balthus fit entendre son rire sarcastique et prenant à témoin les membres de l'assemblée :

— Andrea, pouvez-vous nous dire ce qui se passe ? Tout espoir est-il perdu ? Notre Cycle va-t-il s'interrompre ?

— Léa a perdu la mémoire et son amnésie perturbe ses facultés de médium. Sans elle, nous ne pouvons pas trouver le titre du dernier tableau, ni le nom de son propriétaire.

— La phrase magique restera-t-elle lettre morte, sans image ? Pourrons-nous, un jour, atteindre la vie éternelle ?

— Nous avons tout essayé pour la faire entrer en communication avec Angie. Vous le savez, je céderai ma place dans l'éternité à celui qui pourra me dire ce que ma fille est devenue. Mais un événement vient de se produire, il y a peu, effaçant la mémoire de Léa. Elle reste enfermée, comme si le monde extérieur la terrorisait, et n'a plus aucun souvenir de ses séances de pose pour *Le Rêve*. La mort brutale de Maurice, son père, n'y est sans doute pas étrangère. Seule la vision du tableau de Balthus a provoqué quelque chose en elle. Nini essaie de gagner sa confiance, de la ramener doucement vers nous.

Tirant sur son éternel cigare, les yeux plissés derrière ses lunettes en écaille, Michel, un des frères, prit la parole :

27

— Balthus, combien de temps avons-nous pour obtenir de Léa les informations qui nous manquent ? Existe-t-il un autre moyen que de passer par ses visions ?

— Non, malheureusement, et jusqu'à ce jour nous n'avons aucune trace de la fille d'Andrea ni du tableau manquant. Les huit autres, accrochés sur ces murs, ne suffisent pas. Il nous reste trois jours pour trouver le neuvième.

Un lourd silence retomba sur la salle du conseil. Ils se regardaient, conscients de l'échec probable de leur entreprise, presque étonnés d'être allés aussi loin.

Sans l'aboutissement de ce rite prophétique, que pouvaient-ils attendre encore de la vie ? Ils étaient l'expression parfaite des illusions et des vanités, du pouvoir, de la fortune, de la puissance. Ils s'étaient rassemblés dans un seul but, gagner l'éternelle jeunesse et l'immortalité. Malgré leur cynisme, ils étaient convaincus d'être enfin près de l'atteindre. Ils étaient devenus des croyants.

Tout s'était déroulé jusque-là comme l'avaient prévu les prophéties du Livre des Rêves. Elles les avaient conduits de façon implacable à cette réunion solennelle, à cet ultime rituel, qui devait leur permettre de toucher au mystère de l'existence, à son retour éternel, au neuvième cycle de la réincarnation.

Ils étaient les détenteurs d'un secret que l'humanité tout entière cherchait à percer en vain. Eux savaient que cela était désormais possible. Le manuscrit était posé au centre d'un autel. Balthus se leva, l'ouvrit et lut la dernière prophétie :

Et le vingt-cinquième jour du quatrième mois de la neuvième année du cycle, la dernière jeune fille apparaîtra en songe tenant une plume bleue dans sa main droite.

Ils se dévisageaient, éprouvant le caractère dérisoire de leur cérémonial, mais personne n'osait rompre ce rituel, le même depuis huit ans. Ce pari sur l'impossible les renvoyait au rêve chimérique dans lequel ils s'étaient engagés.

Tandis que Balthus poursuivait la lecture du dernier chapitre, ils se remémoraient les étapes du Cycle depuis le premier jour.

Maurice, le père de Léa, avait apporté un livre d'heures daté de 1507 où figuraient des enluminures représentant toutes la même jeune fille à travers les époques, tenant dans sa main droite un objet différent. Une plume, un miroir, un livre, un compas, un violon, une pomme, une lance, une croix d'or et une rose jaune.

Ces images étaient accompagnées de versets prophétiques. Balthus les lut à voix haute :

Alors les neuf élus trouveront le secret de la jeunesse éternelle
Tout commencera par l'écriture
Tu verras ton image se refléter
Tu pourras lire le secret du retour sans fin
Tu traceras ta ligne de vie tout au long des siècles à venir
Tu écouteras le son venu de l'au-delà
Tu mangeras la pomme du jardin d'Éden
Tu transperceras tes ennemis
Tu adoreras Satan et tu porteras son signe
Tu offriras une rose jaune aux épines et tu feras couler le sang
Alors seulement tu auras droit à la beauté du diable.

Tous se tournèrent vers Andrea, comme si l'assemblée déposait son avenir entre ses mains. Une pareille responsabilité l'accablait. Il était pris dans un piège.

Il regarda le fauteuil désormais vide de Maurice. Aujourd'hui son absence devenait plus douloureuse encore. Andrea se souvenait de leur première rencontre dans l'atelier de Balthus devant le tableau du *Rêve*, et de sa stupeur en découvrant le portrait de sa propre fille. La transparence au creux de la peinture le renvoyait plus cruellement à leur rendez-vous manqué.

Il aurait tant voulu que Maurice et Balthus la rencontrent et voient ainsi qu'elle n'était pas un songe. Mais le lendemain, en route pour l'atelier du peintre, l'enfant avait disparu.

Ce jour-là, la vie d'Andrea bascula. Son unique obsession le rapprochait davantage de Maurice, dont la mort le laissait plus seul, face à la disparition de sa fille.

Chaque année, à la même date, le jour de son anniversaire, Léa rêvait. Un tableau et un homme, toujours différents, lui apparaissaient. Elle prononçait leurs noms à voix haute. L'homme était alors initié au Mystère de sainte Ursule et, comme membre de cette confrérie, accrochait au mur sa toile annonciatrice.

Chacune d'elles représentait un portrait d'Angie, traversant les siècles. Seule Léa dans son sommeil avait aujourd'hui le pouvoir de deviner où se cachait le tableau manquant.

Federico, un des frères présents, au visage d'aigle et aux cheveux drus coupés en brosse, prit la parole à son tour :

— Je suis persuadé que l'œuvre ultime que nous recherchons est celle de Carpaccio. Il en existe quelque part une version qui nous est destinée. Peut-être n'est-elle pas loin. Il y a un deuxième *Songe de sainte Ursule*. Il m'a fallu des années de recherche, des centaines de documents pour aboutir à cette certitude. Aucun autre peintre du quattrocento n'a représenté pareille figure.

Andrea avait à peine écouté les sentences de l'expert. Une voix en lui répétait :

« Je ne suis plus qu'une ombre. Je n'ai plus ni la force ni l'envie d'avancer dans cette quête de l'éternité. Que ferais-je de ce temps, vide de tout ? Je voudrais vieillir, aller doucement vers la mort qui m'attend, et m'abandonner à la vie qui me reste. Je veux sentir la dégradation des ans, accepter les choses comme elles sont. »

À Paris, Léa rêvait qu'elle dormait dans un lit à baldaquin, sa main gauche sous la tête. Le décor avait changé. La pièce était plus grande. Elle reposait sous des draps blancs, une couverture sur les jambes. À sa gauche une armoire ouverte, à sa droite une table avec un livre et un sablier encadraient deux fenêtres ovales ; un chien blanc était couché au pied du lit.

Une porte laissait filtrer un rayon de lumière et, dans ce halo, un ange avançait vers elle. Il tenait une plume dans sa main droite.

Nini la secoua.

— Léa, réveille-toi. Tu m'entends ?

Elle lui donnait de petites tapes sur les joues pour la sortir de ce sommeil profond. Léa ouvrit enfin les yeux :

— Nini, que faites-vous ici ? comment êtes-vous entrée ?

— La porte était ouverte. Je vous ai entendue parler, je suis descendue.

La jeune fille avait du mal à reprendre ses esprits. Elle se leva, la tête lourde.

— Quel rêve étrange ! Je dors toujours dans mes songes, seuls les lieux changent. Et cette autre fille, qui apparaît, chaque fois, elle n'est jamais la même, et pourtant je la reconnais. Je pourrais la dessiner.

— Depuis combien de temps faites-vous ces cauchemars ?

— Des années, je crois. Je ne sais plus. Nini la prit dans ses bras. Elle eut un mouvement de recul.

— Mais qui êtes-vous ? Pourquoi vous intéressez-vous à moi ? Pourquoi m'avez-vous offert ce médaillon ? Où est Andrea ? Il n'y a plus de lumière en face. Je ne vois pas le tableau.

Nini se tourna vers la fenêtre. Sa voix avait changé. Elle reprit :

— Léa, il faut vous habiller et sortir d'ici. Je suis là pour vous protéger. Nous allons partir pour Venise retrouver Andrea. Ne me posez pas de questions. Je ne peux pas y répondre. Il faut me faire confiance. Des gens vous attendent. Vous leur raconterez votre songe de cette nuit.

— Je ne m'en souviens plus.

Elle éclata en sanglots.

— Léa, vous êtes en danger. Vous devez me suivre.

À Venise, le vaporetto avançait sur le Grand Canal. On apercevait au loin le campanile de San Marco.

Une brume froide les enveloppait. Le conducteur du bateau fredonnait un air de bel canto. Il accosta à un ponton dont on distinguait à peine les piliers. Il se retourna et leur dit en italien :

— Il y a trop de brouillard. Je ne peux pas aller plus loin.

L'atmosphère était blanche et nuageuse. Une silhouette grise passa devant elles puis disparut.

Nini se retourna et demanda à l'homme :

— Où sommes-nous ?

— À San Giorgio.

Le temps de lui répondre, l'embarcation s'était évaporée. Nini proposa à Léa de la suivre, lui prit la main. Tout paraissait incertain, plus onirique encore que ses songes.

Égarées, elles entrèrent dans une basilique déserte. Les échos d'un pas léger semblaient venir du fond de la nef.

Nini espérait que, dans cette ville fantôme, le souvenir de ses voyages rituels avec Maurice permettrait à Léa de revenir à elle, de reparcourir ces songes faits chaque année dans une salle attenante à celle du conseil. Lui livrerait-elle enfin le maillon manquant, permettant à la confrérie d'identifier le propriétaire du dernier tableau ?

Les deux femmes montaient un escalier en colimaçon, gravissant les marches une à une, lentement, pour arriver enfin dans une chapelle sous la coupole.

Deux rangées de bancs en bois sculpté encadraient un modeste autel surplombé par une représentation de saint Georges terrassant le dragon.

Une porte s'ouvrit. Des moines se succédèrent dans la crypte, silhouettes frêles et courbées, visages dissimulés sous des capuches, le corps couvert de bure.

Les deux premiers se dirigèrent vers un orgue à soufflet. Le son de l'instrument était si cristallin qu'on aurait dit un jouet d'enfant. Elles écoutaient les moines chanter en latin sur des harmonies grégoriennes. Léa avait froid, la buée de sa respiration se mêlait aux parfums d'encens dans l'air transparent. Elle avait recouvert ses épaules de son écharpe.

Les frères chantaient sans bouger, alignés, la tête baissée, comme ignorant leur présence. Avec le dépouillement et la simplicité de cette messe, une certaine désolation se dégageait de ces instants. Léa eut la sensation que tout allait s'évanouir, que plus rien désormais ne survivrait. Elle était envahie par le sentiment de la fragilité des mortels.

Les voix se turent. Elle sentit alors un souffle chaud lui parcourir la nuque. Elle regarda Nini qui n'avait pas bougé. Une voix enfantine chanta à son oreille :

> *Deux jeunes filles du même âge*
> *Ne feront plus qu'une*
> *Le jour de l'apparition de l'ange*
> *Elles seront sacrifiées.*

Léa se retourna dans un mouvement brusque. Seuls les moines avaient repris leur chant. Une porte se referma au fond de la crypte. Nini l'entraîna dans l'escalier.

La brume se dissipait, faisant place à un ciel d'un bleu intense. Un soleil orangé planait sur la lagune. À Venise, plus encore qu'à *lézarde*

Paris, l'incertain de ses pensées lui procurait un doux vertige. Chaque mur, chaque fenêtre, chaque lézarde des maisons revenaient à son esprit. Avait-elle déjà vu tout cela ? où et quand ? dans ses rêves ou dans la réalité ? Prenant conscience de sa mémoire perdue, l'absence de souvenirs la meurtrissait à chaque nouveau décor.

Alors qu'elles arrivaient sur la place San Giovanni e Paolo, la statue équestre de Verrochio augmenta son trouble. Elle se tourna vers Nini :

— J'ai du mal à respirer, j'ai peur. Où va-t-on ? Où m'emmenez-vous ?

— Léa, écoute-moi maintenant. Chaque année, à la même date, ton père t'amenait ici. Il faut que tu t'en souviennes. C'est très important.

La jeune fille baissa son visage.

— Nini, j'ai des sensations, des pensées si confuses ; le cavalier de bronze, j'ai l'impression de le reconnaître. Des images me reviennent par moments. Si vous me dites ce que vous attendez de moi, cela pourrait m'aider. Pourquoi êtes-vous si inquiète, comme si quelque chose de grave m'était arrivé ?

— Je pense, enfin, nous pensons que tu as eu un choc, il y a quelques mois, au moment

40

de la disparition de ton père. Depuis, tous tes souvenirs se sont enfuis.

Après un silence, Léa la dévisagea :

— Oui, oui je comprends tout cela, mais c'est autre chose que vous semblez attendre. Pourquoi ne me dites-vous pas ce que vous voulez ?

Nini la fit avancer.

— Encore un peu de patience, nous arrivons. Tu vas comprendre.

Elles entrèrent dans le bâtiment de la confrérie et se dirigèrent vers la salle du conseil.

Nini ouvrit une petite porte sur le côté et fit entrer Léa.

L'homme aux cheveux blancs coupés en brosse marchait de long en large, parlant sans cesse en agitant les mains. Les autres, assis, l'écoutaient. Balthus fit un signe à Nini lui indiquant deux sièges vides. Elles prirent place. Tous les membres de l'assemblée avaient à cet instant tourné leur visage en direction de Léa. Ils semblaient heureux de la revoir enfin.

Federico continuait son raisonnement, montrant les tableaux disposés sur les murs selon un ordre précis. Chacun était placé dans une sorte de renfoncement taillé à ses dimensions exactes.

L'expert poursuivit :

— Le premier des rêves de Léa en 1958 avait révélé un tableau de Gustave Moreau appartenant à Andrea, *Persée et Andromède*. Maurice et Balthus, les deux fondateurs de notre confrérie, furent saisis par la ressemblance entre la *Persée* de Moreau et la jeune fille du *Rêve* de Balthus. Nous pouvons tous ici la vérifier.

À cet instant, les regards se tournèrent vers les tableaux accrochés l'un à côté de l'autre. La jeune fille rêvée avait effectivement les mêmes traits sur les deux toiles et une attitude identique. L'une et l'autre semblaient flotter dans l'air, apportant chacune un objet. Une rose jaune dans *Le Rêve* de Balthus, une croix d'or incrustée de pierres précieuses dans le songe de Persée peint par Moreau.

Federico continua :

— Léa, qui vient de nous rejoindre, avait indiqué, à l'époque de son premier rêve médiumnique du 25 mars 1958, le nom d'Andrea. Ceci avait permis deux découvertes essentielles : la jeune fille à la rose dans le Balthus était Angie, la fille d'Andrea, et celle représentée par Moreau était probablement Esther, sa grand-mère. Elles auraient été peintes au même âge. Cette mystérieuse ressemblance semblait alors éclaircie par la magie de la génétique. L'année suivante, le deuxième rêve, celui du 25 mars 1959, vint remettre en cause cette hypothèse, lorsque Léa, dans son sommeil, prononça le nom de Guy. Balthus, Maurice et Andrea se rendirent chez lui et découvrirent avec stupeur un tableau d'Ingres où la même Angie apparaissait à une jeune femme endormie. L'ange portait dans sa main droite une lance, dans une posture semblable à celle des deux autres tableaux. Nous pouvons d'ailleurs vérifier cette ressemblance.

Sur le troisième tableau, une jeune fille angélique flottait, comme sortie du songe de l'autre endormie, dans une posture familière, la main sous le visage. Cette fois, la précision de la peinture donnait une sensation d'hyper-réalité. La lance dans sa main semblait trans-percer la toile.

Léa écoutait, regardait tout cela les yeux grand ouverts avec l'impression qu'on lui avait retiré une peau morte. Elle se tenait de-vant eux comme un de ces écorchés, dessinés sur les planches médicales, et savait main-tenant qu'elle était l'héroïne d'une histoire incroyable inscrite dans sa chair de toute éter-nité. Appuyée sur les accoudoirs de son fau-teuil en bois sculpté représentant deux têtes d'aigles, elle écouta la suite de la démonstration de Federico. D'une voix intense, il reprit :

— Il n'est plus question ici de génétique. Même si la famille d'Andrea est illustre, il est évident que ses aïeux ne posèrent pas pour certains des plus grands peintres de notre histoire. Les cinq rêves suivants confirmèrent qu'il fallait chercher ailleurs. Le rêve de Léa en mars 1960 nous fit découvrir un somptueux Fragonard, celui de l'année suivante, un Watteau. Ils nous permirent de retrouver le fruit d'or, ensuite le violon tenu par une nouvelle jeune fille semblable aux autres. Ils nous donnèrent ainsi l'occasion de nous rencontrer, vous mon cher Michel et vous, Gianni, les possesseurs de ces deux chefs-d'œuvre. Vinrent ensuite les deux songes médiumniques de 1962 et 1963. Ils nous apportèrent de surprenantes révélations : un Vermeer et un Caravage inconnus furent retrouvés. L'un chez vous, mon cher Attilio, et l'autre chez vous, Alexis. Dans le premier figurait le compas, dans le second le livre. Il n'y avait désormais plus de doute possible ; ce qui était écrit et prédit dans le Livre des Rêves était en train de s'accomplir sous nos yeux. L'année dernière, ma chère enfant, vous prononciez mon nom dans l'un de vos songes. C'est ainsi que je reçus cette assemblée, conduite par votre père, dont le siège est aujourd'hui vide, hélas. Il nous manque cruellement. Je possédais une scène de chasse depuis des années, et personne n'avait été en mesure de m'aider à l'attribuer. Il s'agissait sans conteste d'un chef-d'œuvre. Lorsque je l'avais acquise, la toile était presque noire. Elle portait un monogramme inscrit sur la jambe d'une des deux jeunes filles représentant Diane chasseresse : les lettres étaient T, V et F. Nettoyé, il m'apparut d'une beauté singulière. Un ange survolait Diane endormie. Personne d'autre que le Titien ne pouvait rendre une présence aussi magique. Je compris que les lettres du monogramme signifiaient : *Tiziano Vecellio Fecit.*

Aujourd'hui, je mesure enfin pourquoi le destin m'a désigné pour aider notre confrérie. Léa est encore bouleversée par la disparition de son père. Il n'est pas sûr qu'elle puisse accomplir le dernier songe et refermer ainsi le Cycle, en nous donnant le nom du détenteur de l'ultime œuvre manquante. J'ai consacré ma vie à étudier les peintres de la Renaissance italienne, et j'en arrive à la seule conclusion possible : le dernier tableau ne peut être que

Le Songe de sainte Ursule de Carpaccio lui-même. Tout coïncide, les dates, les thèmes, les formes, les signes, jusqu'à cette plume annoncée dans le Livre des Rêves. Et si Angie n'apparaît pas sur le tableau originel, celui du musée de l'Accademia, c'est que le peintre en a exécuté un second. Il y a deux *Songe de sainte Ursule*. J'en ai la quasi-certitude. Tout laisse à penser que cet autre tableau fut caché ici même, dans ce lieu.

Léa, toujours plongée dans un demi-sommeil, avait tout entendu. Elle se leva, hésitante, se dirigea vers la porte donnant sur l'oratoire. Là, elle s'immobilisa devant les initiés. Son regard était fixe ; ses paupières ne clignaient pas. Lentement, elle se mit à genoux, glissa à terre, les bras en croix contre le sol.

Personne ne bougeait. Pas un souffle ne se fit entendre. Nini prit la parole :

— Léa, tu m'entends ?

Un « Oui » grave vint répondre à cette question.

— Léa, pourquoi es-tu allongée sur la pierre ?

— Il y a une inscription sur la dalle.

— Que dit-elle ?

La voix semblait s'être détachée :

— L.O.R.E.D.A.N.

Federico soupira. Léa était couchée sur la pierre tombale de la famille vénitienne ayant commandité à Carpaccio les tableaux du Cycle de sainte Ursule.

Il la releva, la prit dans ses bras et s'adressa aux membres de la confrérie stupéfaits :

— Mes amis, allons-nous devoir desceller cette pierre ; oserons-nous entrer dans le caveau ?

Telle une somnambule, Léa avait repris sa place.

Il lui fallait se rendre à l'évidence : Andrea était bien l'homme aperçu à Paris ; elle revoyait maintenant, derrière sa silhouette, *Le Rêve* de Balthus.

Son regard posé sur elle, il prit la parole :

— Il ne sert à rien de desceller la dalle. Ce caveau a fait l'objet de nombreuses études, chaque millimètre a été analysé et interprété. Federico, votre démonstration nous paraît lumineuse, mais, vous le savez, seule Léa peut prononcer le nom de celui qui détient l'ultime toile, la clef ouvrant sur la vie éternelle. La prédiction est inexorable.

Andrea n'avait pas quitté Léa des yeux. Ce qui se déroulait ici avait été annoncé. Ce n'était qu'une répétition, sans cesse recommencée, celle des stances prophétiques.

Maurice avait donné autrefois une conférence devant le cercle des Amis d'Honoré de Balzac, à propos de l'influence du mystique suédois Swedenborg sur l'œuvre du romancier. Préparant son exposé, il était tombé sur de curieux écrits du théosophe établissant un lien entre ses rêves et un certain manuscrit médiéval, qui prétendait être la version satanique de la Genèse, utilisée dans des cérémonies occultes sous le nom de Bible du Mal.

Maurice considérait que les objets se frayent un chemin à travers les siècles et choisissent des passeurs grâce auxquels ils pourront leur survivre. Il attendit patiemment et un jour un manuscrit tomba entre ses mains, intitulé le Livre des Rêves. Travaillant déjà sur les écrits de Swedenborg, il avait acquis un lot de vieux papiers dans une vente aux enchères : des documents ayant appartenu au devin suédois. Il feuilleta une à une les pages de ces reliques et découvrit une enluminure soigneusement rangée dans une enveloppe. Cette image faite au bleu de France et à l'or représentait le roi Louis XII dans une posture inhabituelle : les deux genoux à terre. Sur le pli dans lequel était rangée l'œuvre, il était écrit : L.O.R.E.D.A.N. VENEZIA.

Maurice avait fait des recherches minutieuses qui lui permirent de retrouver les derniers descendants de cette famille vénitienne. C'est dans ce lieu, servant aujourd'hui à l'assemblée, que lui était apparu le précieux livre d'heures d'où l'enluminure avait été arrachée.

Il avait alors acquis la totalité des ouvrages conservés ici et, en souvenir des Loredan, proposé d'y reformer la confrérie du Cycle de sainte Ursule. Le bâtiment servirait de résidence pour des peintres et des sculpteurs.

Maurice avait soutenu dès ses débuts le travail de Balthus. Il n'eut aucune difficulté à permettre au peintre d'en devenir pensionnaire.

Là fut peint le tableau où la jeune fille apparut pour la première fois. D'avril 1957 à mars 1958, Maurice chercha une explication plausible à ce phénomène. Il remonta aux sources des travaux de Swedenborg et mit en lumière une méthode d'interprétation des rêves à partir d'un état d'hypnose provoqué par certaines images.

Il avait retrouvé une lettre de Balzac à Madame Hanska datée du 20 novembre 1833. Le romancier, exalté, décrivait ce qui venait de lui arriver :

J'ai été dimanche chez Bra, le sculpteur, j'y ai vu le beau chef-d'œuvre qui existe... C'est Ma-

rie, tenant le Christ enfant, adoré par deux an-
ges… Là, j'ai conçu le plus beau livre, un petit
volume dont Louis Lambert *serait la préface,*
intitulé Séraphîta. *Séraphîta serait les deux*
natures en un seul être, comme Fragoletta, mais
avec cette différence que je suppose, cette créature,
un ange arrivé à sa dernière transformation et
brisant son enveloppe pour monter aux cieux, il
est aimé par un homme et une femme auxquels il
dit en s'envolant aux cieux, qu'ils ont aimé, l'un
et l'autre, l'amour qui les liait, en le voyant en
lui, ange tout pur, et il leur révèle leur passion,
leur laisse l'amour, en échappant à nos misères
terrestres.

Et Balzac terminait sa lettre par ces mots

Si je le puis, j'écrirai ce bel ouvrage à Genève
près de toi.

Maurice conservait ce billet dans un coffret
en malachite incrusté de lettres hébraïques en
bronze doré. La boîte était toujours posée sur
son bureau. Elle faisait partie d'un ensemble
énigmatique qu'il était parvenu à reconstituer
autour de méthodes d'hypnose pratiquées
autrefois par certaines confréries religieuses.
Elles utilisaient des images pour permettre à

certaines personnes réceptives d'atteindre un sommeil particulier et d'entrer en relation avec les cycles de la réincarnation.

Ces rites se déroulaient au grand jour jusqu'aux massacres et aux persécutions perpétrés lors de la bataille des iconoclastes au cours du VIIIe siècle après J.-C. Depuis, les rares survivants de ce mouvement religieux durent se cacher et leurs pratiques devinrent secrètes. Certains réussirent à infiltrer des églises telle San Giovanni e Paolo à Venise, qui devint le lieu d'accueil d'une société clandestine.

Les tableaux peints par Carpaccio pour les Loredan n'étaient qu'une façade derrière laquelle se déroulaient des cérémonies occultes, condamnées par le clergé.

Maurice avait réussi à retrouver ces méthodes. Il existait, depuis toujours, entre lui et Léa, un lien de transmission par la pensée. Combien de fois s'étaient-ils réveillés l'un et l'autre en sursaut, persuadés d'avoir pénétré leurs rêves respectifs.

Il découvrit très tôt chez son enfant des facultés divinatoires, et les orienta vers ces techniques anciennes. Il s'aperçut alors que cela ne marchait pas avec toutes les figures. Il ne suffisait pas de la mettre en présence d'un tableau quelconque pour obtenir d'elle cet état second.

Obsédé par la lettre de Balzac, ce boulimique d'écriture, ce dévoreur d'imaginaire, et par le choc visuel qu'il avait ressenti au moment de concevoir *Séraphîta*, Maurice ne pouvait envisager qu'une sculpture de Bra puisse être considérée comme le plus beau des chefs-d'œuvre.

Il avait entrepris de reconstituer ce qui s'était réellement passé le 17 novembre 1833. Il lui sembla évident que l'écrivain avait menti. Une Vierge de Bra avait été effectivement montrée au Salon des Beaux-Arts cette année-là, mais les deux anges décrits par Balzac appartenaient à une autre représentation, plus ancienne.

En réalité, Balzac avait rendu visite à un homme et s'était engagé à garder le secret. Il s'agissait d'Ingres, chez qui une séance de spiritisme avait été organisée autour d'un tableau où l'on pouvait voir un ange apparaître une lance à la main. Balzac, dont la mère était une disciple de Swedenborg, avait accepté d'y participer en qualité de médium.

Devant la toile, l'écrivain s'était endormi, et le songe de Séraphîta lui était apparu. Maurice avait décrypté dans le *Livre mystique* de

Balzac le secret de ces expériences. Seuls les véritables chefs-d'œuvre provoquent des états particuliers d'hypnose.

Un jour, revenant d'une adjudication, il avait offert à Léa un chat égyptien en bronze ; elle s'endormit et prononça des phrases incompréhensibles dans une langue inconnue.

Maurice montra l'objet à un ami égyptologue. Cette sculpture était une merveille de l'art saïte recherchée depuis des siècles.

Les rêves de Léa allaient devenir l'instrument divinatoire de Maurice.

Dans la salle du conseil, Andrea avait repris la parole :

— Cher Federico, nous devons l'aider à accomplir son dernier rêve. C'est l'unique solution à nos doutes et à nos angoisses.

Nini le coupa :

— Andrea, pardon de vous interrompre, mais je dois vous raconter ce qui vient de se passer. La brume, trop dense, a obligé le motoscaphe à nous déposer devant San Giorgio. Là, dans une chapelle, sous un tableau de Carpaccio, Léa a perçu quelque chose qui l'a troublée…

Celle-ci l'interrompit à son tour :

— Laissez-moi vous dire. J'ai entendu une comptine, celle qui revient parfois dans mes cauchemars. Mais j'étais éveillée.

Léa fredonna. Ils se regardaient tous, per-
plexes.

Elle continua :

— Cela vous rappelle-t-il quelque chose ?

— Non. Rien du tout, dit Andrea.

— Andrea, cette voix, j'aurais voulu que
vous puissiez l'entendre. Je commence à comprendre ce que vous attendez de moi, mais
tout s'emmêle dans mon esprit. J'ai de plus
en plus souvent des migraines... depuis je ne
sais plus. Je voudrais tant pouvoir vous aider.
J'ai confiance en vous. Certains de vos visages me sont familiers. Mais un sentiment de
peur ne me quitte jamais. Une responsabilité
trop lourde pèse sur mes épaules. Je me sens
comme Atlas. Êtes-vous sûrs que de telles
choses puissent réellement dépendre de mes
visions ? J'ai l'impression de ne plus rien savoir,
d'être projetée dans le vide d'une vie qui
m'échappe, de n'exister que dans le secret
transmis par mon père. Alors dites-moi ce
que vous désirez.

Balthus intervint :

— Ce que nous attendons, ma petite fille,
est simple. Il faut que tu t'endormes devant
nous, comme tu le fis pour moi il y a huit ans.
Retrouve ce sommeil magique qui te permet
de voir ce que personne ne peut entrevoir.

— Si vous pensez que c'est possible... Léa, ses mains devant son visage, ferma les yeux et murmura :

— Je vais retourner seule à San Giorgio pour retrouver la voix et cette ritournelle qui me hante. Je dois comprendre pour ne plus avoir peur.

Ils se regardaient. Andrea souriait à Léa, comme si la jeune fille l'étonnait à chacune de ses phrases. Il se leva, alla vers elle, lui prit les mains :

— Très bien, va là-bas, seule. Nous t'attendrons.

Le long des ruelles, Léa reconnaissait le chemin. Elle avait l'impression de marcher dans les pas de Maurice qui, chaque année, l'emmenait pour de longues promenades. Par instants, elle retrouvait son image, s'attendant à le voir surgir au détour d'un pont, dans le reflet d'une vitrine. Certaines silhouettes, de dos, évoquaient sa démarche rapide.

Les huit tableaux qu'elle venait de voir accrochés sur les murs de la salle du conseil se mêlaient à ces fragments de souvenirs. Cette jeune fille blonde et irréelle, apparaissant dans chacune des toiles, était celle qui, en rêve, lui avait parlé tant de fois.

Angie avait bien disparu.

En mars 1958, un an après qu'il fut exécuté, Léa s'endormait devant le tableau du *Rêve*. Elle révéla à Maurice durant son sommeil l'existence du tableau peint par Moreau, dans lequel l'ange tenait une croix. Elle prononça le nom d'Andrea, qui fut invité à créer le nouvel ordre de sainte Ursule.

Découvrant le tableau de Balthus, Andrea fut saisi d'effroi en reconnaissant sa fille. La ressemblance avec Esther, sa grand-mère, dans le tableau de Moreau, le renvoyait à l'incroyable similitude entre ces deux visages. Les trois hommes bouleversés voulurent s'assurer de ce qui les troublait tant. Andrea proposa que sa fille rendît visite au peintre pour le confronter à cette ressemblance.

C'est ce jour-là que l'enfant disparut sans laisser de trace. Seule son image, désormais, réapparaissait dans un chef-d'œuvre, trouvant sa place au fil des ans sur les murs de l'oratoire.

Comment ce prodige ou cette hallucination pouvaient-ils se perpétuer ? Était-il possible que Maurice eût organisé une machination et que les œuvres d'Ingres, Watteau, Caravage ou du Titien fussent des faux, réalisés par un faussaire virtuose, une sorte de Van Meegren absolu ? Pouvait-il s'agir de Balthus lui-même ?

Il aurait emporté Angie dans ses bras, l'aurait cachée, afin qu'elle devînt l'unique modèle de ses simulacres, perçant ainsi les mystères de la peinture ?

Léa marchait toujours, écartant ces hypothèses. L'absence de Maurice la faisait divaguer. Les collectionneurs, les experts de la confrérie ne pouvaient, à eux seuls, avoir mystifié le monde et le marché de l'art. Non, les tableaux étaient authentiques, mais Angie existait-elle ? Seuls Andrea et Nini en parlaient. Et s'ils l'avaient inventée, créée de toutes pièces ? Non, se disait-elle, cela ne tient pas debout. Venise aurait démasqué cette imposture.

Tout cela était vrai, se passait dans sa vie. Un destin surnaturel s'accomplissait à travers ses instants terrestres, mêlant l'hypnose, les livres et les œuvres d'art. Angie demeurait une sorte d'abstraction symbolique, mais Léa avait le sentiment de sa présence à ses côtés.

Elle retrouvait maintenant l'interminable escalier en colimaçon, qui conduisait dans la chapelle au saint Georges terrassant le dragon. Lasse, essoufflée, elle s'assit devant le panneau de bois peint, songeant, rêveuse, à la méthode choisie par son père pour gagner l'immortalité.

Allait-elle s'endormir ?

Une porte grinça, s'ouvrit lentement sur la gauche de l'orgue à soufflet. Un moine apparut, le visage dissimulé sous sa capuche. Il prononça une phrase flottant dans son écho :

— Alors, vous êtes revenue ?

Elle se leva d'un bond.

— C'est toi ?

L'homme reprit calmement :

— Mais non mon petit, vous cherchez votre père ?

— Oui, enfin, non, je ne sais pas... Il a disparu soudainement l'année dernière sans que j'aie pu le revoir. Je ne peux pas faire mon deuil. Je ne suis même pas sûre du lieu où il est enterré. Je ne sais où le pleurer.

— Ici, ma chère enfant. Pleurez votre père autant que vous voulez, car là où vous êtes, les âmes ne sont pas loin.

À travers les pleurs qui brouillaient sa vue, Léa demanda timidement :

— Mon père, pouvez-vous enlever votre capuche ?

— Non. Mais posez vos questions et je vous répondrai.

— Ce matin, j'étais ici durant la messe, j'ai entendu une voix angélique chanter cette ritournelle.

Léa, tremblante, la fredonna puis reprit :

— Pouvez-vous me dire pourquoi ?

Le moine, tourné vers une croix de bois nu, lui dit :

— Il y a ici un jeune homme aux cheveux blonds, aux yeux très clairs, qui chante souvent cette chanson. Il ne fait pas partie de notre congrégation. Il est là pour nous aider.

— Qui est-il ? Pouvez-vous me dire son nom ?

— Nous sommes tous soumis au secret. Notre communauté a fait vœu de silence. Nous sommes anonymes face à ce monde. Moines, réunis sous la règle de Dominique. Notre lieu est ici, sous cette coupole, nous n'y avons accès que par un escalier dérobé, parallèle à celui que vous avez emprunté. Comme vous l'avez vu, c'est très haut, et notre ordre est composé d'hommes âgés. Il y a sept ans, une épidémie nous a frappés. La moitié des nôtres périrent. À ce moment-là, un jeune garçon vint nous voir. Il se disait orphelin, voulait quitter le monde pour se consacrer à Dieu. Il était vif, fervent, capable de nous aider, refaisait chaque jour de terribles aller-retour entre le jardin potager au pied de l'église et le cloître à son sommet, nous permettant de subsister.

Léa l'écoutait, troublée, envoûtée par ce qui se dégageait de lui. Elle lui demanda :

— Vous avez recueilli ce jeune garçon et vous l'avez caché ?

— Il a renoncé aux folies du siècle. Nous sommes un dernier refuge. Qui pourrait aujourd'hui deviner ceux qui sont ici retirés ?

Elle sentit le froissement de la bure toucher sa joue. Puis, dans un murmure :

— Léa, mon enfant, prends soin de toi, et sache que je serai toujours là.

Son dos se raidit à ces mots ; elle perdit connaissance. Longtemps après, étendue sur le froid de la pierre, elle ouvrit les yeux. La chapelle était déserte.

Son poing fermé, elle sentit une gêne au creux de sa paume. Elle desserra les doigts. Des griffures avaient marqué ses lignes de vie. Un objet apparut. C'était un petit carton ovale peint. Léa ne put distinguer ce qui y figurait.

Elle se releva, toucha le médaillon pendu à son cou, celui que Nini lui avait offert lorsqu'elles avaient fait connaissance. Il était accroché à un lien de cuir. Elle le retira, comparant sa forme à celle de la relique.

Elle ouvrit son pendentif. Deux plaques de verre le composaient. Derrière le portrait de l'ange, elle glissa le carton. Ils s'emboîtaient parfaitement. Elle le referma, le serrant contre sa poitrine.

Un flot d'images défilait, telle une pellicule s'enroulant à toute allure. Ses souvenirs se déversèrent brutalement, projetant à ses yeux le film de sa vie.

Sur le chemin du retour, tout se bousculait, comme si son destin, son histoire ne dépendaient plus que de sa volonté à l'accomplir.

Nini était là, debout, et semblait l'attendre. Elle la prit dans ses bras.

— Je suis prête, lui dit Léa.

Ils s'étaient regroupés devant la partie de l'atelier de Balthus représentée dans son tableau. Autour d'une table basse chacun occupait une place précise. Ils regardaient tous dans la même direction vers le canapé peint au pochoir sur le lin. Ils pouvaient admirer le drageoir, l'armoire en trompe l'œil et l'échiquier accroché au-dessus.

Le café leur avait été servi dans des tasses en porcelaine. Une serviette blanche était froissée sur la table à jeu. La réalité avait rejoint l'image. Il ne manquait que les deux jeunes filles, Léa endormie et Angie penchée au-dessus d'elle, une rose jaune dans la main gauche.

Leurs regards convergeaient vers ce point du décor croisant huit perspectives. Dans la toile, chacun des objets donnait l'impression d'avoir été vu sous des angles différents. La table à jeu n'était pas dans le même axe que le tapis ; le guéridon avait été saisi d'un autre point de fuite ; il restait à droite et à gauche deux angles morts invisibles.

Léa s'avança, s'allongea sur le sofa, une main sous la tête. Comme chaque année le rituel du *Rêve* de Balthus allait pouvoir s'accomplir. Les membres de la confrérie retenaient leur souffle, et, dans le silence qui la recouvrait, elle s'endormit.

Après de longues minutes, elle se mit à prononcer des bribes de phrases décousues dans une langue qu'ils ne connaissaient pas. Nini avait à son tour fermé les yeux, et écrivait à l'aveugle sur des feuilles blanches les syllabes qu'elle percevait.

Le temps s'était arrêté. D'une voix cassée, semblant venir d'ailleurs, la jeune fille prononça distinctement cette phrase :

« Dans Loredan, ce qui reste quand on a perdu le nord c'est celle qui dort. »

Elle se redressa brusquement puis leur fit signe de la suivre dans la salle du conseil.

Guy semblait s'amuser de cette situation. Il dit entre ses dents :

— Ça me va très bien, j'adore les mots croisés.

Michel soupira. Gianni, préférant prendre tout cela de façon légère, dit à Federico :

— Mon cher, nous voici au cœur de vos connaissances. Vous allez sûrement nous dire comment décrypter ce curieux message. Je peux vous l'avouer, j'ai le sentiment d'une vaste plaisanterie.

Federico regardait Balthus et Andrea, les lèvres pincées, les sourcils relevés, se sentant responsable de cette situation :

— Je reconnais que cela ressemble à un jeu d'enfant, mais, après tout, le rêve chimérique de posséder la vie éternelle n'a-t-il pas un côté enfantin ? Il est clair que Léa a retrouvé ses esprits un peu brutalement et que le message qu'elle nous délivre aujourd'hui semble ne répondre en rien à nos espoirs. Elle ne nous donne pas, à travers ses visions, le nom du détenteur du dernier tableau manquant.

Il marqua une pause, puis, se frottant le menton de sa main droite, reprit :

— En même temps, ses indications peuvent nous être utiles. Ces mots sont une piste que nous devons suivre. Écoutez-moi bien. Le nom de Loredan confirme mon hypothèse sur l'existence d'un deuxième Carpaccio. Il y aurait bien un *Songe de sainte Ursule II*. D'autre part, le jeu de mots croisés ne nous dit rien. Mais réfléchissez, et enlevez les lettres formant le mot NORD dans LOREDAN. Que reste-t-il ? Il reste votre prénom, ma chère Léa. Autrement dit, vous vous êtes désignée vous-même comme la détentrice du dernier tableau. Cela pourrait vouloir dire que Maurice possédait l'image que nous recherchons, et qu'après sa disparition, Léa en devint l'héritière. Si l'on suit mon raisonnement, sa vision serait donc juste.

Un maître d'hôtel les interrompit :

— Mesdames, Messieurs, le dîner est servi.

Ils se levèrent en commentant, abasourdis, les propos de Federico, et se dirigèrent vers une salle à manger près de l'atelier. Une table avait été dressée. La jeune fille s'assit à la droite d'Andrea bouleversé.

— Tout cela est incroyable, qu'en pensez-vous ? lui demanda-t-il.

— Lorsque Federico raconte cette histoire et que je l'entends, j'ai l'impression de dormir encore, d'être dans les profondeurs du néant. Je n'arrive pas à refaire surface. Je suis fatiguée, je voudrais rentrer chez moi et tout oublier. Mon père me manque. J'ai la sensation qu'une porte s'ouvrira, et qu'il sera là.

Mais je reste ici, partagée entre l'envie de vous aider, même si votre but me semble fou, et le désir d'avoir la vie de ceux qui rêvent en dormant, et rien d'autre.

Il y avait des sanglots dans sa voix. Andrea la prit dans ses bras :

— Je sais que votre volonté de nous aider est réelle. Je devine ce que vous éprouvez. Vous êtes douce et sensible, semblable à Angie, ma fille. Pour moi, le but n'est plus de gagner l'immortalité. Je reste près des autres avec l'espoir fou de la retrouver à travers vous. Nous errons ensemble, accrochés l'un à l'autre, mais parfois je sens qu'une force résiste. Quelque chose que je ne saurais expliquer vous empêche d'avancer.

Léa acquiesça :

— Ce n'est pas faux. Mais croyez-moi, je voudrais y parvenir.

Andrea lui demanda dans un murmure :

— Ma fille est-elle apparue dans votre songe ?

— Oui. J'ai vu Angie, comme chaque année.

— Était-elle dans le tableau ?

— Non. Dans la réalité de mon rêve.

— Vous a-t-elle parlé ?

— Oui.

— Dites-moi tout, Léa.

La jeune fille prit une respiration profonde :

— Je crois qu'elle refuse de se montrer. Elle se protège, elle semble avoir peur de quelque chose ou de quelqu'un. Ses apparitions étaient autrefois fluides, limpides, et aujourd'hui, elle se cache, comme contrainte à des actes que vous voudriez lui imposer en passant par moi.

Andrea l'écoutait attentivement.

— Je ne comprends pas ce que vous dites. Je n'ai jamais rien exigé d'elle. Je ne m'en suis hélas pas assez occupé. Je la laissais libre, jusqu'à ce jour terrible où elle a disparu.

— C'est pourtant vous qui lui avez dit, en mars 1958, l'année de ses douze ans, d'aller seule rendre visite à Maurice et Balthus dans son atelier.

Le maître d'hôtel revint dans la salle à manger. S'approchant du peintre, il lui tendit une enveloppe posée sur un plateau d'argent. Léa et Andrea se turent. Balthus l'ouvrit et, après quelques instants de silence, la lut à voix haute :

Au moment où vous lirez ces lignes, je ne serai sans doute plus là. Vous qui êtes aujourd'hui réunis pour la dernière fois, j'ai demandé que cette lettre vous fût remise, ce 25 mars 1965.

La cérémonie qui vous rassemble est l'abou-tissement d'un cycle de huit ans. Il fut par moi initié en 1957 avec Le Rêve. *Au terme de cette ultime journée, il vous aurait fallu pouvoir trouver la neuvième apparition de l'ange, celle du* Songe de sainte Ursule. *Là était la clef de ce que nous cherchons : la jeunesse éternelle et l'immortalité.*

Au moment où je vous écris, tout me laisse penser que vous ne l'atteindrez pas. Un grain de sable est venu enrayer le mouvement du destin. La mort va me saisir, avant que je n'aie pu lui faire échec.

Tout est dans Le Rêve *de Balthus. Tout et tous, y compris vous. Réfléchissez à présent, re-gardez bien, vous êtes dans le tableau. Vous le rêvez. Laissez-vous porter par lui pour trouver la vérité de l'image, car ce que l'on ne peut aperce-voir, ce qui se cache, c'est vous-même regardant ce que Balthus a peint.*

Tout y est, mais dissimulé. Cherchez ce qui ne peut se voir et vous comprendrez. Pour moi, dé-sormais, il est trop tard. J'ai rencontré la vérita-ble Angie, votre fille, Andrea, elle a voulu fuir, échapper à son destin, ne pas devenir notre Séra-phîta, cet être parfait que seul le ciel attend. Elle désirait juste être une jeune fille comme les autres, simplement mortelle. Si vous échouez, elle aura réussi.

Balthus avait interrompu sa lecture et regardait, l'un après l'autre, les hommes présents autour de la table. Ils retenaient leur souffle. Seul Andrea s'était levé. Léa restait assise sur une chaise, Nini à son côté.

Balthus continua :

— Écoutez la suite :

Si vous souhaitez aller jusqu'au bout, retournez maintenant dans l'atelier et attendez d'autres recommandations. Mais attention, avant de décider de suivre ces dernières instructions, vous devez être conscients du risque que vous allez prendre. La recherche de l'éternité n'est pas anodine. Échouer vous serait fatal. Soit vous y parviendrez, soit vous mourrez dans l'instant.

Au moment de vous écrire ces mots, c'est moi qui meurs de ne pas avoir compris assez tôt le secret du dernier tableau.

Votre ami pour toujours.

Maurice

Balthus se leva.

— Chers confrères, vous avez tous entendu ce que je viens de vous lire. Léa, vous savez maintenant ce que votre père a choisi. Soyez toujours aussi forte. C'est comme cela qu'il vous a aimée.

Elle s'était réfugiée dans les bras de Nini, la tête renversée sur son épaule. Son regard semblait transparent. Son visage fixe ne laissait pas deviner la moindre émotion.

Andrea avait rejoint les deux femmes. Balthus marchait de long en large, semblant réfléchir. Il s'arrêta et reprit :

— Mes amis, vous avez tous compris le sens de cette lettre. Nous touchons au but. Mais si nous faisons fausse route, dans quelques minutes nous mourrons. En revanche, si nous réussissons, nous serons immortels. Seuls ceux qui souhaitent prendre ce risque doivent me suivre dans l'atelier.

Tous s'étaient levés pour le suivre. Ils s'observaient dans cet instant suspendu, n'y croyant pas vraiment.

Cela était trop solennel. Certains plaisantaient, d'autres avaient le visage des grands jours. Ils quittèrent un à un la salle à manger et entrèrent dans l'atelier. Andrea n'avait pas bougé. Léa le prit par la main, l'entraîna dans ses pas. Nini fermait cette drôle de procession.

Chacun reprit sa place dans une position définissant un angle précis en direction de la scène où Léa s'endormait. Ce qui était caché derrière le visible, c'était leur confrérie.

Le secret de l'œuvre reposait dans ces huit paires d'yeux. Alexis, le dernier initié, possédait le Caravage au livre. Il comprit qu'il devait rester debout à gauche. De son regard dépendait le point à partir duquel on apercevait la table à jeu.

Attilio, chez qui on avait retrouvé le Vermeer au compas, s'installa dans le fauteuil le plus bas car de sa position dépendait la perspective sur l'échiquier. Ainsi, chacun à sa place, ils croisaient leurs visions, essayant de deviner l'endroit où la pièce manquante du puzzle était dissimulée.

Lorsqu'ils furent prêts, Nini se retira au creux de l'angle mort, à droite de la pièce. Léa s'allongea sur le canapé.

Immobiles, ils attendaient la suite des instructions. Une seconde lettre fut déposée à cet instant par le valet dans les mains de Balthus, qui entreprit de la lire :

Vous êtes chacun au bon endroit, dans la partie cachée, face au rêve représenté sur la toile.

Lorsque je dis : « Tout est là », ce n'est pas une formule. Regardez. Cherchez. Le secret est sous vos yeux. Le voyez-vous ? Non ? L'ultime maillon

est caché quelque part. Où ? Dans le décor ?
Ailleurs ? Réfléchissez.

Si vous êtes prêts à accomplir la dernière pro-
phétie, ne vous trompez pas. On va vous présen-
ter le drageoir. Oui. Le drageoir. Il contient huit
dragées. Il y en avait neuf. La mienne, je l'ai
absorbée trop tôt. Je croyais avoir découvert les
mystères de l'au-delà, Je me suis trompé. Un élé-
ment me manquait, et je meurs en vous écrivant
ces lignes.

Je n'ai pas vu l'ange apparaître. Mais pour
vous, aujourd'hui, tout est différent, il ne vous
manque rien. Tout est à votre portée. Sachez le
décrypter. Croquez et vous gagnerez l'éternité,
mais attention, une seule erreur et le froid vous
emportera.

Nini prit la bonbonnière, souleva le couvercle, s'arrêta devant chacun des officiants,
qui, un à un, saisirent une dragée.

Elle referma le couvercle sur sa base en cristal, reposa le drageoir sur la tapisserie de la
console derrière le canapé ; il était vide. Il
avait retrouvé ses teintes aux reflets de dia-
mant.

Nini se dirigea ensuite vers la table à jeu et
souleva la serviette, révélant un pion d'échec
en ivoire jauni. Il avait sans doute été oublié

après la partie entre Balthus et Andrea. Il s'agissait d'un roi, un empereur couronné, assis sur son trône. Son visage reposait dans sa main.

Nini hésita un instant, puis reposa la serviette blanche, faisant disparaître l'objet. Tous étaient blêmes. Avaient-ils enfin compris ? Était-il trop tard pour reculer ?

Maurice avait découvert les neuf dragées destinées au rituel final. Les hosties de Satan. Mêlée au sucre qui les recouvrait, une substance permettait à celui qui l'absorbait de voir l'invisible. C'est dans cette vision que reposait le secret de la vie éternelle. Mais, sans le dernier élément du jeu, l'élixir devenait un poison mortel.

Ils réfléchissaient, perdus en eux-mêmes. Étaient-ils devenus les membres d'une de ces sectes qui font de leurs proies des pantins qu'on agite ? Leurs disciples, entraînés par des fous dans des actes suicidaires, sont persuadés d'échapper aux impasses d'une vie, croyant uniquement à la puissance, à la fortune.

Maurice n'avait visiblement pas su résister à son insatiable curiosité. Il n'avait pas hésité à prendre ce risque, prêt à tout pour voir l'ange apparaître. Mais le dernier secret lui manquait.

Nini se dirigea vers Léa, l'aida à s'allonger. La jeune fille posa sa tête sur sa main, le poing serré.

— Léa, sauras-tu à quel moment ?

Fermant les yeux, elle acquiesça. Nini sortit de l'atelier et referma la porte. Pour tous, c'était l'heure de vérité. Qu'allaient-ils faire ?

Balthus leur dit d'un ton ironique :

— Alors, messieurs, cela vaut-il la peine de perdre ce qui nous reste de vie pour tenter d'être immortels ?

Personne n'avait envie de rire.

D'une voix solennelle, il reprit :

— Avant de prendre, ou pas, cette décision, nous devons appliquer la règle ultime du Livre des Rêves. Nini va faire une dernière photographie de Léa plongée dans son sommeil paradoxal, semblable à celle prise il y a huit ans. Ensuite, un second cliché viendra saisir la partie cachée de la pièce, c'est-à-dire vous, Messieurs.

— Si c'est nécessaire, allons-y, déclara Michel.

Nini installa l'appareil sur un trépied de bois devant le canapé. Elle demanda à Léa :

— Tu dors, ma fille ?

Celle-ci ne répondit pas. Alors, soulevant de sa main gauche une lampe, qui éclaira le canapé d'un léger halo, Nini appuya sur un déclencheur relié au boîtier par un fil. Elle se mit face aux membres de la confrérie, qui avaient gardé leur position rituelle. Leur main gauche ouverte laissait voir une dragée au creux de la paume.

L'image saisie, Nini s'installa derrière un bureau, sortit une feuille d'un tiroir et lut ceci :

Par ce document, remis à chacun d'entre vous, vous assumez pleinement, vis-à-vis de vos familles respectives, l'entière responsabilité de vos actes, en dégageant la confrérie d'éventuels tracas, si les événements tournaient mal.

Elle le leur distribua, les priant de le signer.

La dragée puis ce papier plongeaient Andrea dans le doute. Il essayait de mettre de l'ordre dans ses idées, lisant, relisant sans cesse ce texte.

Pourquoi Maurice aurait-il fait cela ? Était-il responsable de cette folie ? Andrea ne parvenait pas à croire qu'un homme aussi avisé ait pu s'évanouir ainsi.

Était-il vraiment mort ? Que savait-on de sa disparition ? Une version officielle avait circulé : il se serait écroulé soudain, frappé par une embolie pulmonaire, le 31 décembre, dans sa maison vénitienne, où il venait passer les fêtes chaque année. Léa devait le rejoindre pour le réveillon et faire la connaissance d'une femme qu'il avait connue peu de temps auparavant. Elle ne put jamais la rencontrer.

Des obsèques auraient été organisées à la hâte selon un testament qui depuis avait disparu.

Personne, pas même Léa, n'avait pu voir Maurice sur son lit de défunt. Les médecins, prétextant un risque de contagion, avaient dissimulé le corps. La brutalité de cet arrachement lui avait fait perdre la mémoire. Son père serait enterré au cimetière de Venise.

Aujourd'hui, tout ne s'inversait-il pas ? Andrea redoutait que cette pantomime n'aboutît qu'à un suicide collectif.

Il imaginait les titres des journaux : « Ils cherchaient l'immortalité et c'est la mort qu'ils ont trouvée ». S'ils avalaient la dragée et signaient le papier, qu'allait-il advenir ? Était-ce vraiment Maurice, l'auteur de tout cela ? Plus Andrea s'interrogeait moins il y croyait. Vivants et morts semblaient se confondre : comme les deux faces d'un même simulacre voué au néant. Il repensait aux huit tableaux du Cycle. Qu'avaient-ils en commun ? Ce

que ces maîtres avaient peint reprenait toujours le même thème. Une jeune fille endormie en voyait apparaître une autre. Elle était
chaque fois le portrait d'Angie, qui semblait
avoir traversé les siècles. Mais, en réalité, à les
regarder de plus près, ce que Caravage, Fragonard, Vermeer ou Ingres avait représenté était
une version onirique d'un thème absolu, do-
minant l'histoire de la peinture italienne, celui
de l'Annonciation. Andrea retrouvait aussi le
Titien, Watteau, Gustave Moreau et, finalement, Balthus. Tous n'avaient fait qu'interpré-
ter cette scène qui, de Lorenzetti à Piero della
Francesca, a hanté les peintres du Moyen Âge
à l'aube de la Renaissance. Dans *Le Rêve* peint
par Balthus, Angie apparaît une rose à la
main, tel l'ange Gabriel. Nazareth, en hébreu,
signifie : la fleur qui voulut naître d'une fleur,
dans une fleur, dans la saison des fleurs.

Le 25 mars, date immuable des réunions
de la confrérie, était le jour de l'Annonciation,
mais également celui de la mort d'Abel, tué
par son frère Caïn. Andrea voyait désormais,
dans les tableaux du Cycle, le dialogue entre
la vie et la mort, l'instant ultime, la seconde
de basculement, où tout ce que l'on croyait
mort revient à la vie, et où tout ce qui semblait vivant est sans doute déjà mort.

Ces tableaux préfiguraient un futur illusoire, celui de la réincarnation, l'ascension de l'ange et sa chute figées dans un présent opaque, celui d'un dialogue muet, dans l'univers des songes.

Lorsque l'ange Gabriel s'adressa à la Vierge Marie, il lui dit :

— Le Seigneur est avec vous.

Par ces mots, le Verbe fut incarné et l'éternité vint dans le temps et la vie dans la mort. Le secret de cette inversion est dans le symbole de la rencontre entre la Vierge et l'ange, moment où l'invisible rejoint la vision.

Léa semblait dormir à présent, son esprit se détachait, le corps soustrait à toute douleur. L'air était léger. Les images de Venise défilaient : des masques d'animaux, des gondoles, les nuages bas sur la lagune, un soleil rond et rouge, à la surface du Grand Canal. Le palais Volpi, le musée Correr, la place des Frari, tout se mélangeait. Léa regardait le tableau de saint Georges affrontant le dragon. Elle entendait le chant des moines.

Au cœur de la chapelle, une voix fredonna :

Deux jeunes filles du même âge ne feront plus qu'une.

Elle répondit :

— Le jour de l'apparition d'un ange.

— Tu es là ? demanda la petite voix.

— Oui.

— Où es-tu ?

— Je suis allongée sur le canapé. Je dors.

— Tu me vois ?

— Non. Je te ressens.

— Viens me rejoindre.

Léa était maintenant assise sur un banc de prière.

— Viens, Angie, viens t'asseoir près de moi.

Elle entendit le bruit d'une porte, et la voix lui parla :

— Ne te retourne pas. Ne me touche pas. Sinon, je disparaîtrai à jamais. Regarde seulement le tableau.

— Pourquoi ? lui demanda Léa.

— Parce que j'ai changé.

— Je te vois chaque année dans mes rêves. À quoi ressembles-tu ?

— À ce que je veux bien te montrer. Je ne peux être vue qu'à travers la peinture.

— Où est mon père ? Est-il en vie ?

— Il est trop tôt pour te répondre.

— Angie, écoute-moi. Ils attendent mon réveil pour que je leur dise où se trouve le dernier tableau. Que dois-je faire ?

— Pas maintenant. Le médaillon est-il toujours dans ta main ?

— Oui.

— Garde-le dans ta paume. Ne l'ouvre pas. L'heure n'est pas venue.

Léa se leva dans un mouvement brusque. Les moines chantaient :

Ô Vierge hâtez-vous de répondre
Ô Madame, répondez une parole
Et recevez le Verbe
Prononcez-vous, et recevez la Divinité
Dites un mot qui ne dure qu'un instant
Et refermez en vous l'Éternel
Levez-vous, courez, ouvrez
Levez-vous
pour prouver votre foi
Courez
pour montrer votre dévouement
Ouvrez
pour montrer une marque
de votre consentement.

Une silhouette enfouie dans une robe de bure sombre surgit devant elle.

— Qui es-tu vraiment ?

Des mains retirèrent lentement la capuche, un visage d'homme apparut. Léa poussa un cri. C'était son père, qui la regardait les yeux grand ouverts.

Elle se réveilla sur le canapé de l'atelier, et prononça ces mots :

— Ne me touchez pas.

Andrea sentit le temps défiler, s'accélérer. Il lui fallait comprendre où elle en était à l'instant même, sinon il serait trop tard. La vision de Léa écoutant Marie dialoguer avec l'ange lui indiquait précisément où était caché le tableau.

Elle avait reçu le Verbe dans son oreille, dans son cœur, dans sa bouche. Elle le tenait en son giron, dans ses bras. Mais où était-il caché, sinon dans sa main gauche qui faisait : signe : « *Ne me touchez pas.* » Le neuvième tableau était là. Mais ce n'était pas une toile. Il s'agissait de la miniature. Elle était trop petite pour être immédiatement visible. Carpaccio avait peint une Annonciation minuscule. Il y avait glissé les deux figures du *Songe de sainte Ursule*, chacune sur une face. D'un côté une Vierge ressemblant à Léa endormie, de l'autre un ange ayant les traits d'Angie.

La boucle était bouclée. Le songe d'Ursule rejoignait l'annonce faite à Marie. Le rêve de Balthus se fondait dans celui de Carpaccio. Le Cycle de la confrérie se refermait sur un temps circulaire, s'ouvrant à l'éternel retour. L'évidence était là, sous les yeux de tous, cachée dans le tableau depuis neuf ans, mais personne ne l'avait vue, car la main de Léa restait crispée autour du médaillon.

Il fallait voir ce qui était peint : l'invisible. Et cela, sans un miracle, personne ne le pouvait.

Andrea alla s'asseoir sur le canapé où Léa était allongée. Il prit la parole :

— Mes amis, cette situation demande réflexion. Je n'avalerai pas la dragée. Je suis sûr que cette cérémonie nous sera fatale. Au cours des années passées près de vous, lors de nos réunions, j'ai appris à vous connaître et à vous apprécier. Je ne tolérerai pas qu'un seul périsse. Mon rôle est de vous faire part du danger qui nous menace. Qu'en pensez-vous Léa ?

— J'écoute.

Andrea reprit :

— Je propose d'interrompre notre rituel afin que chacun s'exprime.

Ils respirèrent, soulagés. Andrea leur fit un signe. Léa se releva. Ils se dirigèrent vers la salle du conseil. Assis à leurs places habituelles, entourés par les tableaux, ils écoutèrent Andrea exposer ses craintes :

— Je suis persuadé qu'un piège nous a été tendu. L'histoire de la dragée n'a pour but que de nous faire mourir. Depuis sept ans, je fais partie de ce cercle. J'y ai été accueilli par Balthus et par Maurice, grâce à mon aquarelle de Gustave Moreau. J'avais vu au moment où elle me fut transmise par mon père qu'il s'agissait d'une Annonciation dans laquelle l'ange Gabriel porte un bouclier rond, semblable à un miroir. La Vierge Marie aurait dû s'y refléter, mais par un effet de la composition, c'est une croix qui apparaît. En y regardant de plus près, je découvris qu'il s'agissait d'une crucifixion. J'étais devant une anamorphose pareille au cercle magique fabriqué par les Cyclopes, permettant à l'avenir de s'y dévoiler.

Cette aquarelle du peintre symboliste montre ainsi les spasmes du temps. Je ne me suis pas beaucoup occupé de ma fille. Vous connaissez les égarements de ma vie. Mais je l'ai vue suffisamment grandir pour m'apercevoir qu'elle ressemblait à l'ange Gabriel. Ma famille était persuadée depuis toujours qu'il s'agissait du portrait de ma grand-mère. Elle avait connu Moreau et avait posé pour lui à deux ou trois reprises. Pour ma part, j'ai la certitude que c'est plutôt Angie et je ne fus qu'à moitié surpris de la découvrir dans *Le Rêve* de Balthus. Nini, qui l'a élevée, est entrée dans notre famille il y a quarante ans, et me connaît mieux que quiconque. Elle sait depuis la naissance de la petite ce qui me trouble. Plus l'enfant grandissait, moins j'avais la sensation d'une présence réelle. Les circonstances de sa naissance étaient étranges. Sa mère, une jeune femme rencontrée un soir, était morte brusquement en la mettant au monde. Je fis des recherches sur son passé. Elle m'affirmait depuis le début que cet enfant était de moi. Je la crus, par un sentiment de culpabilité mêlé au désir d'être père. Je reconnus Angie et ma jeunesse d'héritier désœuvré prit un sens. Cependant un doute s'insinuait en moi et confirmait mes soupçons. Je suis le dernier descendant d'une illustre lignée et si l'on retrouve Angie, elle sera l'héritière d'un empire industriel et financier. Sa disparition allait-elle s'accompagner d'une demande de rançon ? Il n'en fut rien. L'enquête s'enlisa. Un an plus tard, le 25 mars 1959, la première apparition d'Angie eut lieu lors de la cérémonie où Léa entra en contact avec elle à travers son rêve. Elle vous désigna sous mes yeux, mon cher Guy, comme le détenteur du tableau prophétique d'Ingres. Je retrouvais une trace d'elle grâce à Léa. Dès lors, cette confrérie devint mon seul lien avec elle. Chaque année, je la redécouvrais, peinte ou dessinée par les plus grands maîtres. Je fus stupéfait, comme vous, Federico, de vivre ce retour du temps. Plus nous creusions, plus ma vision réelle d'Angie s'effaçait, me laissant encore plus seul. Angie, à travers Léa, n'était plus de chair et de sang, apparaissant de siècle en siècle, tel un ange déchu. Combien de conversations, de nuits entières à parler avec Nini pour essayer de comprendre !

Celle-ci l'interrompit :

— Je suis persuadée que ce ne sont que des fantasmes, Andrea. J'ai élevé cette enfant. Elle est bien réelle. Sa naissance, la perte de sa mère l'ont sûrement perturbée. Elle a peur et se cache. Un jour, elle se confia à moi : « J'ai entendu mon père dire que j'étais un ange, un vrai, doué de pouvoirs surnaturels. » Son esprit chavira. Elle ne dormait plus, se nourrissait à peine.

Ils écoutaient tous Nini. Andrea reprit :

— Tu as raison. Je n'aurais jamais dû lui demander de rendre visite à Balthus. Terrorisée, persuadée que je voulais faire d'elle un ange, elle s'est enfuie.

Guy intervint :

— Andrea, vous auriez dû la montrer à un psychiatre, c'est évident. J'ai été très choqué par ce qui est arrivé à cette petite fille. Vous êtes venus chez moi avec Maurice et Balthus en 1959. C'était l'année où mon cheval Excalibur avait remporté le Prix de l'Arc de Triomphe. Je fus frappé par votre désarroi. Le tableau d'Ingres était accroché au-dessus de mon lit. Je n'oublierai jamais votre regard découvrant les deux jeunes filles sur la toile. Oui, Angie était l'une des deux. Comment Ingres a-t-il pu voir son visage un siècle plus tôt ? Un faussaire avait-il réalisé ce portrait ? À partir de quel document ? Connaissait-il Angie ? Non. Très vite, je vous apportai les preuves que ce chef-d'œuvre était dans ma famille depuis plus d'un siècle. Plus tard, je découvris, lors d'une conférence de Maurice, les effets de ces séances d'hypnose. Balzac les a relatés dans ses écrits sur Swedenborg. Ce tableau d'Ingres avait servi de support à une séance médiumnique reliée aux écrits du Livre des Rêves. Combien d'experts nous avaient certifié qu'Ingres n'avait jamais représenté le thème de l'Annonciation ? Qu'il s'agissait sans doute d'une toile de Chassériau, un de ses disciples, ou je ne sais quelles autres sornettes ? La vérité est que le peintre avait bien vu apparaître Angie. Était-ce déjà à travers vous, Léa ? Ingres la représenta en ange Gabriel apparaissant dans les songes d'une Vierge endormie. Vous me connaissez : le surnaturel me laisse de marbre. Je ne suis pas mystique. Mais je devais me rendre à l'évidence : lorsque je vins ici et découvris *Le Rêve*, ainsi que l'aquarelle de Moreau, c'était le même visage qui traversait les siècles. Le 1ᵉʳ novembre 1833, à l'époque où Balzac vit Séraphîta en songe, Ingres travaillait sur le thème de la Vierge à l'Enfant Jésus endormi. Le sujet devait s'inscrire dans un cycle de représentations de la Vierge. Mais aucun tableau n'avait, semble-t-il, été exécuté en 1833. La raison en est simple : Ingres avait peint cette année-là pour une société secrète cette splendeur accrochée devant nous. De même que dans l'aquarelle de Moreau, le bouclier, rond et brillant comme un miroir, surprend. Ingres avait eu besoin de représenter une surface lisse où se reflète l'avenir. Les deux peintres avaient tenté d'aller chercher dans le mythe de Persée et d'Andromède un prétexte pour figurer un ange guerrier. Voilà qui explique pourquoi celui-ci tient une lance. Maurice avait résolu ce mystère et nous en avait montré les fondements, en se servant du Livre des Rêves, où était écrit :

Et le troisième ange apparaîtra,
Une lance à la main,
Il frappera le dragon.
Qui sur lui-même s'enroulera.
Et le temps sera sans fin,
Et le Verbe s'incarnera pour l'éternité.

Vous me regardez, incrédules, vous doutez de mes connaissances et de mes goûts en matière d'art. Tout ce que je vous raconte aujourd'hui me vient de Maurice. Laissez-moi vous dire, Andrea, que vous projetez vos angoisses sur votre enfant. Vous la soupçonnez de s'être enfuie, et de se cacher dans un lieu secret, pour nous détruire. Et pourquoi s'il vous plaît ? Pour hériter votre empire. Mais il lui suffirait de revenir pour s'en emparer. Non, s'il y a, dans cette sombre histoire, une personne dont il faut se méfier absolument, c'est de Maurice.

Tous étaient affligés. Une fois de plus, ils venaient d'entendre les mêmes attaques contre leur ami.

Attilio prit sa défense :

— Guy, ma famille exerce depuis trois générations le négoce des bijoux. J'ai appris par mon père, et grâce à de nombreux moments passés en compagnie de Maurice, toutes ses qualités. Grand connaisseur, honnête homme, sincère à l'égard de nous tous. Est-ce la jalousie qui vous égare ?

Guy prit un air pincé :

— Je sais ce que vous pensez. Mais laissez-moi vous dire une chose, Andrea. Vous ne savez peut-être pas que des gens qui me sont proches ont bien connu la mère d'Angie. J'ai appris des choses sur elle et les ai gardées pour moi jusqu'à ce jour. Je dois vous les dire maintenant, compte tenu de ce qui nous arrive, de ce petit jeu de la dragée et de tout ce cirque. J'ai la certitude que Maurice connaissait bien, très bien, la mère d'Angie. Il l'avait rencontrée quelques mois avant vous. Ils se sont fréquentés, comme on dit. La petite n'est peut-être pas votre fille, voyez-vous. Plusieurs personnes l'ont colporté, de Venise à Paris. Elle serait la demi-sœur de Léa. Ne sont-elles pas nées à quelques mois d'écart, dans des circonstances analogues et troublantes ? Alors, vos doutes et vos suspicions !

Léa était d'une pâleur extrême. Elle cria :

— Assez ! Arrêtez, Guy, s'il vous plaît ! Votre ressentiment vous rend ridicule. Vous avez eu la fortune, lui les honneurs. Vos suppositions ne reposent sur rien. Nous sommes les enfants de ceux qui nous élèvent, vous en savez quelque chose. J'ignore pourquoi tout cela m'arrive. Pourquoi ces rêves insensés. Andrea, il fallait me laisser tranquille. J'avais tout oublié. Pourquoi êtes-vous venu me chercher à Paris ? Ma mémoire était devenue une ardoise magique qui s'effaçant me laissait en paix ; aujourd'hui, j'ai un deuil à faire. Une sordide histoire de tableau. Des prophéties absurdes. Et ces rêves qui me hantent, m'entraînant dans un sommeil que je ne peux contrôler. Laissez-moi seule. Rentrez chez vous. Oubliez tout cela. N'avalez pas cette dragée. Restez mortels comme tout le monde. Arrêtez ce projet stupide. Reprenez vos toiles. Déchirez le livre et partez.

Nini alla s'asseoir auprès de Léa.

— Calme-toi ma chérie. T'énerver ne sert à rien. Garde ton sang-froid.

— Pardon, reprit Michel. Je vous ai laissés parler, mais il me semble que la réaction de Léa nous concerne tous. Nous devons, chacun à notre tour, tenter de tirer au clair ces événements, de savoir où nous allons, ce que nous devons décider. Grâce à mon métier de banquier, j'ai une certaine pratique de l'arbitrage. Nous devons tout nous dire sans arrière-pensée, sous peine de mourir. Trois hypothèses peuvent être envisagées. Tout ce que l'on sait jusqu'à présent est vrai, et, en avalant cette dragée, il nous sera possible d'accéder à un degré de connaissance unique. De telles occasions ne se présentent pas tous les jours. Songez à ce que nous pourrions faire, si nous parvenions à la vie éternelle. Mais il y a deux autres éventualités moins réjouissantes. Peut-être qu'Angie s'est enfuie, ou a été enlevée. Dans ces deux cas, nous serions face à une menace. Quelqu'un tenterait de nous faire disparaître pour d'obscures raisons. Est-elle devenue folle, persuadée que notre confrérie veut la sacrifier, la transformer en ange ? Aurait-elle trouvé des complices opposés à notre cercle, ayant juré de nous faire échouer, périr ? Enfin, il faut envisager ce que Guy nous suggère, aussi pénible que cela puisse paraître, nous ne pouvons exclure cette hypothèse : Maurice en personne pourrait avoir monté cette machination pour tout récupérer en se débarrassant de nous.

Vous savez à quel point j'ai aimé cet homme. Mais sa séduction m'a toujours semblé plus forte qu'aucune autre. Il possédait quelque chose de diabolique, et je pèse mes mots. Dès notre première rencontre, lorsque vous êtes venus, en mars 1960, admirer mon Fragonard, je fus immédiatement saisi par son charme.

Il se dégageait de lui une force envoûtante. L'ange dans ma toile tient une pomme d'or. Il m'avait expliqué, des heures durant, le rapport entre ce symbole de la tentation et celui de l'Annonciation. Pour lui le rapport était évident. D'un côté l'ange est le passeur entre le Seigneur et la Vierge Marie, de l'autre, à travers ce fruit, il s'adresse à Ève au nom de Satan. Dieu ou le diable ne sont que les deux versants d'une seule figure, celle trouvée dans cette bible du mal qu'est le Livre des Rêves. Seul Maurice avait su la décrypter et nous persuader d'en faire notre guide.

Un grand silence se fit dans l'assemblée. Les membres de la confrérie semblaient perdus. Ils avaient le sentiment de vivre un tremblement du temps, comme il existe des tremblements de terre. Des plaques temporelles s'entrechoquaient, provoquant dans leur tête un cataclysme. L'invisible tremblait.

Balthus riait. Il prit la parole :

— Tout cela n'a aucun sens. Faites ce que vous voulez. Pour moi, la seule chose importante, c'est de percer le mystère de la vie. J'ai trop de toiles à peindre. Je ne laisserai pas passer une telle chance et si je dois mourir, que m'importe.

Dans un geste théâtral, il porta la main gauche à sa bouche et avala la dragée.

Gianni le prit par les épaules :

— Qu'avez-vous fait ? Vous êtes fou ?

— Cher ami, ne voyez-vous pas que tout ceci n'est qu'une farce ? Vous, l'homme le plus puissant du pays, réfléchissez un instant. Nous serions menacés par une toute jeune fille et par je ne sais quelle secte. Allons... Allons...

— Et Maurice, intervint Federico, ne craignez-vous pas que Maurice... ?

— Pas vous, mon cher. Tout ce que nous avons fait ensemble, nous le lui devons. Vous le savez mieux que quiconque. Il nous a conduits ici pour vivre une véritable mutation. Vous avez été le dernier à nous rejoindre, en mars dernier. Le Titien nous attendait chez vous. Vous connaissiez Maurice depuis longtemps. Il vous a aidé à assembler votre magnifique collection. Rappelez-vous, c'est lui qui nous a présentés, au début de ma carrière. Et ce Titien, si ma mémoire est bonne, vous l'avez acquis dans une de ses ventes.

— Oui, c'est exact. J'ai toujours eu confiance en lui. Je suis convaincu qu'il nous a malheureusement quittés il y a trois mois. Mais l'histoire du Titien a jeté un trouble dans mon esprit. Le thème en est surprenant. Il n'est pas sûr qu'il s'agisse d'une scène de chasse.

Regardez cette Diane devant Actéon en train
de se transformer en cerf. Et si, comme dans
les autres tableaux de notre Cycle, une
Annonciation se cachait dans cette scène my-
thologique ? Lorsque j'ai vu les toiles accro-
chées ici, la répétition du visage d'Angie y
étant constante, j'ai pu réfléchir au sigle peint
sur la jambe du personnage central : T.V.F.
Maurice l'avait comme moi attribué à *Tiziano
Vecellio Fecit*, dit le Titien. Mais une deuxième
explication restait possible. Je décryptai dans
le Livre des Rêves une formule en latin dé-
crivant ce monogramme. Il signifiait : *Trouvez Votre Fille*. Plus loin, en étudiant le même
ouvrage, je compris que le diable avait une
fille, qu'il fallait la trouver et la tuer. Les alchimistes de la fin du Moyen Âge en étaient
sûrs. Ces révélations conduisirent de nombreuses communautés religieuses à perpétrer
des crimes. Elles montaient des procès en
sorcellerie dans lesquels des vierges étaient
immolées. J'ai cru un moment que Léa — ma
chère petite, pardonnez-moi — était la fille
de Satan, et Maurice son incarnation. Mais la
présence d'Angie à travers les siècles, le doute
sur sa filiation, les initiales sur le tableau du
Titien, tout me laisse à penser que c'est elle
la fille du Malin.

Andrea prit sa tête dans ses mains.

— Vous êtes fou.

Balthus protesta :

— Incroyable ! Je pourrai dire à mes descendants qu'un jour dans ma vie, j'ai entendu pareilles bêtises. Enfin Federico, pas vous. Certains de nos confrères, je veux bien. Arrêtez de délirer. Est-ce la peur qui vous égare ? Où sont vos références ? Vous semblez errer dans une brume sans boussole. Avez-vous comme dans Loredan perdu le nord ?

Le peintre fut pris d'un vertige soudain. S'accrochant au dossier d'une chaise, il perdit l'équilibre et murmura :

— Pardonnez-moi.

Des gouttes de sueur perlaient sur son front.

— Je crois que le produit commence à agir. Ma vision est trouble. Elle se déforme. Attendez, le pion. Nini, le pion d'échec. Sous la serviette. Allez le chercher.

Nini revint avec la pièce d'ivoire à la main. Elle la lui tendit. Balthus la posa à terre, la regardant fixement. Personne ne bougeait.

— Je vois un grand roi. C'est Charlemagne. Il me parle. Vous l'entendez ? Il me raconte quelque chose. Le *Roland furieux* de l'Arioste. Oui, c'est l'histoire d'Angélique et Roger.

Alexis intervint :

— Je connais cette légende. Mon père me la racontait. Pouvez-vous me décrire davantage ce que vous voyez ? Ce mythe d'Angélique, j'y ai pensé souvent, depuis le début de nos réunions. Ce sont les personnages d'Ingres. C'est peut-être la clef du mystère.

Balthus divaguait :

— Tout est déformé Ce pion est gigantesque. Il va du sol au plafond.

Il leva les yeux.

— Je l'entends, il dit : « Trouvez ma fille... sa fille... votre fille... »

— Vous voyez bien, s'écria Guy, c'est la fille du diable.

Alors Balthus ferma les yeux, les rouvrit comme si plus rien ne lui apparaissait.

— Voilà. C'est fini, dit-il.

Alexis s'avança, se mit à genoux, et, lui saisissant le poignet, prit son pouls.

— Balthus !

Il lui tapotait les joues.

— Vous m'entendez ? Répondez-moi. Que voyez-vous ?

Le regard fixe, le peintre ne bougeait pas. Le jeune homme dit à l'assemblée :

— Apparemment tout va bien. Sa respiration est normale, le cœur, régulier.

Balthus voulut se relever, sans succès. D'une pâleur extrême, il inspira profondément et parla, détachant ses mots :

— Mes amis, ça y est, je suis immortel.
Alexis ne lâchait pas sa main.

— Racontez-nous tout, dit-il. Vous devez nous guider. Si j'ai bien compris, la dragée a le pouvoir de dilater les objets. Cela signifie que notre dernier tableau ne peut être vu sans une loupe. Il est trop petit.

Balthus fit « oui » de la tête.

Alexis semblait en état de transe.

— Cela voudrait dire qu'il y a un dispositif caché ici dans la salle du conseil, semblable à celui de l'église Santa Maria Novella de Florence où, chaque 25 mars, la lumière se reflète sur une rosace ; celle-ci forme un prisme éclairant l'Annonciation de Donatello, bas-relief sur le pilastre gauche, et ne la rend visible que ce jour-là.

Balthus avait retrouvé ses esprits.

— C'est ça, Alexis, continuez. Visiblement rassuré, le jeune homme enchaîna :

— Notre système d'agrandissement est sans doute identique à celui de Florence. Il y aurait dans le *Songe de sainte Ursule* de Carpaccio un détail révélateur.

– – La rosace ? demanda Balthus.

— Mais oui, bien sûr, reprit Alexis.

— Le jeu de reflet doit se situer quelque part dans le mur ; sans doute trop haut pour être visible de là où nous sommes.

Alexis se dirigea vers l'escalier de bois mobile servant à atteindre des livres haut placés. Il le fit glisser jusqu'au centre du mur frontal. Parvenu sur la dernière marche, il scruta la paroi, tâtonnant sur les pierres, explorant l'endroit où était censée être l'encoche dans le renfoncement destiné au dernier tableau.

Balthus se redressa :

— C'est là, oui, c'est cela.

Au même moment Alexis poussa un cri :

— Ça y est, je l'ai trouvée !

Son doigt disparut dans une cavité. Il descendit lentement et se dirigea vers Léa qui le regardait. Elle eut un léger sourire.

— Ne m'en veux pas. Donne-moi le médaillon.

Doucement, elle desserra, un à un, les doigts de sa main gauche, laissant apparaître le bijou offert par Nini, dans lequel elle avait glissé l'image trouvée à San Giorgio.

Il régnait à présent sous ces voûtes une atmosphère de recueillement. Tous retenaient leur souffle.

— Voilà, leur dit Alexis, tout est là. Le dispositif est prêt pour la cérémonie.

Regroupés autour de lui, ils attendaient ses instructions.

— Je suis bouleversé. Pour nous c'est l'aboutissement d'une incroyable aventure, celle d'une vie, ou de plusieurs. Je pense à mon père qui n'est plus là et qui m'a transmis, ainsi qu'à mon frère Nicolas, son commerce d'antiquités. Notre famille a commencé ce négoce à Augsbourg, au XVIIe siècle. Elle a rassemblé au fil des ans des documents essentiels pour comprendre l'histoire de l'art. Lorsque je vous ai rencontrés il y a deux ans dans notre boutique de la rue Saint-Honoré, en mars 1963, vous décriviez le tableau que nous appelions « notre Caravage ». Imaginez mon émotion. Mon père avait acquis ce chef-d'œuvre lors d'une succession en Dordogne, et, malgré de nombreuses similitudes, nous ne pouvions pas imaginer qu'il puisse s'agir d'un authentique tableau du maître. Depuis, la liste des tableaux du Cycle ne me quitte jamais. Elle décrit les huit peintres qui ont ouvert la voie de l'éternité. Moreau. Ingres. Fragonard. Watteau. Vermeer. Caravage. Titien. Et, finalement, Carpaccio. Elle fut écrite par mon père, durant la dernière guerre, en 1943. D'après son récit, il l'avait reconstituée à partir de celle que des marchands intéressés par les collections de Goering et du IIIe Reich avaient établie.

Écoutez la suite. Le tableau manquant est bien un Carpaccio, mais il est le fruit d'une démarche peu commune et témoigne de l'importance des travaux réalisés à l'époque autour de la perspective. Nous en avions déjà connaissance à travers l'œuvre de Piero della Francesca et plus particulièrement sa *Flagellation*. À Venise, des découvertes essentielles eurent lieu à la fin du XVe siècle. Il y avait déjà dans cette ville des trompe-l'œil, des jeux de perspectives, comme ceux de la façade de l'église San Giovanni e Paolo. Un groupe de mathématiciens, de philosophes et d'alchimistes s'était constitué ici en 1500 autour du maître, financé par la famille Loredan. Ils avaient entrepris de créer ce qui pourrait ressembler à un hologramme. Le dispositif mis au point par ces chercheurs va nous permettre, sans doute, de faire apparaître cette image virtuelle. Chaque 25 mars, au coucher du soleil, la lumière pénètre selon un angle très précis par cet orifice.

Alexis désigna un point dans le mur au-dessus de la porte menant à l'atelier.

— Regardez, une petite loupe y est dissimulée. Lorsque la lumière apparaîtra, concentrée par ce prisme de cristal, et pénétrera la salle, elle viendra frapper le médaillon que je vais installer. Une fois qu'il sera fixé sur le mur, il ne nous restera plus qu'à attendre.

Guy lui coupa la parole :

— Alors, allez-y, placez-le, ce sacré médaillon !

— Oui, mon cher. Une minute.

Il remonta sur son échelle, enfonça le précieux objet ovale dans l'encoche du mur, puis, se tournant vers ses confrères :

— Voilà, c'est fait.

Michel, le banquier, ne put s'empêcher de demander :

— Pensez-vous qu'à l'époque, ils étaient allés au bout de l'expérience ?

— Non, je ne crois pas. Nous pensions, mon père, Maurice et moi, qu'il aurait fallu beaucoup d'autres conditions pour que l'hologramme de la Vierge et de l'ange apparût. Ces œuvres et nos huit présences nous permettent d'en arriver là, et d'égaler les jeux de perspective de votre *Rêve*, Balthus. Si vous voulez voir l'ange Gabriel se manifester sous les traits d'Angie, vous devez vous placer ici, face à ce mur, et regarder en direction du médaillon de Carpaccio. Léa, reprenez votre place, non plus sur le canapé de l'atelier, mais sur celui-ci, devant nous. Allongez-vous et attendez que le sommeil vous prenne.

La jeune fille avait écouté le récit d'Alexis sans bouger, assise devant la cheminée. Nini la releva, la conduisit vers le divan aux coussins brodés d'or et de blanc. Elle s'allongea la main sous la tête et ferma les yeux.

Alexis conclut :

— Il est temps pour nous de croquer cette dragée. Pas vous, Balthus, puisque c'est déjà fait. Nous savons grâce à vous qu'elle ne contient pas de poison fatal.

Ils prirent chacun leur place, guidés par le jeune homme. Léa dormait ; sa respiration était régulière. Alors, un à un, ils avalèrent la dragée.

Au bout de quelques minutes, un rayon de lumière vint frapper le mur à l'endroit du médaillon. Au-dessus de la jeune fille endormie, une forme apparut peu à peu.

C'était Angie, qui se reflétait dans leurs yeux, une fleur jaune à la main. Elle ondoyait dans l'air transparent, semblable au personnage du *Rêve*. Brusquement, l'image se mit à bouger. La jeune fille blonde, évanescente, prit corps et pivota vers l'assemblée. Tous étaient paralysés par la peur. Elle prononça alors ces mots :

— Léa, tu dors. Messieurs, je vous salue.

— Angie, c'est toi ?

Andrea s'avança vers elle. La forme lui fit un signe de la main et l'arrêta dans sa marche.

— Reste où tu es. Ne m'approche pas.

— Je te cherche depuis tant d'années. Me reconnais-tu ?

— Je sais qui tu es, mais je ne suis pas celle que tu désires.

— Évidemment, c'est un hologramme, lança Guy.

— Oui. J'ai été conçue il y a cinq siècles. J'incarne un être réapparaissant au cours du temps. Je suis l'image de ton ancêtre, Andrea. C'est la raison pour laquelle ta fille me ressemble. Je ne suis pas Angie. Cherche ce qui lui est vraiment arrivé. Retourne à San Giorgio ou va au diable.

— Mais qu'en est-il de notre éternité ?

La transparence reprit :

— Je suis l'éternité, la seule forme d'immortalité que vous puissiez atteindre. Je n'existe que pour être admirée dans des chefs-d'œuvre.

Federico l'interrogea à son tour :

— Cela veut-il dire qu'il n'y a pas de vrai retour éternel ? Qu'il n'est possible que dans l'imaginaire des artistes ?

— Vous avez trouvé les œuvres remontant l'horloge du temps. J'ai existé dans une autre vie, ici, à Venise, lorsque des mathématiciens, des physiciens et des alchimistes se réunirent comme vous en une confrérie. Ils mirent au point cet artefact, pour que je réapparaisse de siècle en siècle, dans ces huit merveilles. Le dernier, vous, Balthus, vous m'avez vue prendre forme au-dessus de Léa endormie.

Andrea n'arrivait pas à rassembler ses pensées.

— Angie, es-tu sûre que tu n'es pas réelle ? Comment peux-tu nous parler, au-delà des siècles ?

— Je ne suis pas qu'une illusion d'optique, un hologramme. Grâce à la substance que vous avez absorbée je suis aussi un rêve éveillé. Vous croyez me parler, mais peut-être ne suis-je qu'un dialogue entre vous. Si tu le souhaites vraiment, un jour tu reverras ta fille.

Andrea se tourna vers Nini.

— Que vois-tu de l'ange ? Entends-tu ses paroles ?

— Je connais cette longue histoire. Tout cela n'est qu'un retour éternel.

S'avançant vers la forme qui flottait dans l'air, elle tendit la main, prit la rose, qui devint réelle, et l'offrit à Balthus. Puis elle récita le premier verset du Livre des Rêves :

> *Alors viendra l'ange des cieux*
> *Il descendra vers vous*
> *Transparent comme un songe*
> *La fleur sera saisie.*

Nini se dirigea vers la cheminée : Angie s'était évaporée. Quelques secondes après, elle revint, une croix dans la main. Nini la saisit et l'offrit à Andrea avec ces mots :

— Voici le second verset du livre :

> *La croix dans ta main se montrera*
> *Tu la déposeras*
> *Dans celle qui désormais*
> *Le secret détiendra.*

L'étrange ballet se déroula à chaque réapparition d'Angie.

Guy reçut la lance d'Ingres. Michel, la pomme de Fragonard. Gianni, le violon sur le Watteau. Attilio, le compas de Vermeer, Alexis, le livre du Caravage, accompagné de cette stance :

Lorsque le livre tu fermeras
Alors tu comprendras
L'ultime secret
Celui de l'éternité.

Alexis tournait les pages du grimoire avec stupeur. Il s'agissait bien de la Bible du Mal évoquée dans le Livre des Rêves. Tous l'avaient cherchée durant des années, auprès des plus grands libraires, d'illustres bibliophiles. Elle demeurait introuvable. Les spécialistes certifiaient qu'elle n'existait que dans les fantasmes de ceux qui désiraient la posséder. C'était lui qui la détenait maintenant. Elle ne ressemblait à aucun autre ouvrage. Une date et un lieu y étaient inscrits : 1357 — Venise. Et une signature : Vittorio Jenson. Le jeune homme connaissait ce nom, mais ne pouvait se souvenir de qui il s'agissait. Il interrogea Federico :

— C'était l'ancêtre du célèbre imprimeur vénitien. Ce que vous détenez prouve qu'un siècle avant la première Bible de Gutenberg, imprimée en 1462 à Mayence, cet homme avait trouvé une technique qu'il avait transmise à ses descendants.

Ils regardaient tous la calligraphie ornant la première lettre du verset ainsi que l'enlumi-

nure figurant sur la page de gauche. Elle représentait neuf gisants dont les traits étaient
semblables aux leurs. En tournant les pages,
Alexis eut la sensation que ses mains deve-
naient translucides. Il voulut lire la dernière
stance et commença :

J'ai créé cette ville sur la lagune
Le jour où l'ange rendit visite à Marie
C'est dans cette ville que je dictai mon livre
À celui qui me succédera
Le jour de la montée des eaux
Lorsque l'ange réapparaîtra
Alors je...

Alexis dut interrompre sa lecture. Il referma précipitamment le livre car il ne voyait
plus ses mains.

Nini alla chercher le miroir correspondant
au Titien, et le tendit à Federico. Alexis lui
cria :

— Ne vous regardez surtout pas !

Trop tard, l'homme s'y contemplait, comme
hypnotisé, mais rien ne se reflétait. Nini se
retourna une ultime fois pour recevoir de
l'ange la plume du tableau de Carpaccio. Mais
dans la main de la jeune fille il n'y avait plus
rien.

La panique régnait sous ces voûtes. Ils étaient semblables aux pigeons de la place Saint-Marc à l'heure du tocsin.

La forme tourna sur elle-même et s'éleva dans les airs.

— Suivez les objets et vous trouverez l'immortalité.

— Ne partez pas, supplia Alexis. Montreznous le chemin. Ne nous laissez pas dans cette apesanteur. Comment continuer sans vous ?

La voix angélique s'exprima pour la dernière fois :

— Le procédé qui me rend visible à vos yeux permet à l'invisible d'apparaître et, dans un mouvement inverse, ce qui est vu par vous peut disparaître. Chacun de ces objets est l'inversion d'un hologramme. Si vous le saisissez, il vous absorbera. C'est dans ce double mouvement, à son point d'équilibre, que vous toucherez l'immortalité.

Tournoyant, la forme se fondit dans le médaillon accroché au mur. Le soleil descendu, la pénombre donnait à la salle du conseil une lumière claire-obscure. Ils posèrent les objets sur la table devant eux et prirent place.

Gianni approcha sa main pour saisir le violon et ses doigts s'effacèrent. Il la retira d'un geste brusque.

Federico, la voix tremblante, tentait de trouver des explications au phénomène :

— Les hommes de la Renaissance sont allés plus loin encore, ils ont fait des découvertes insoupçonnables. Nul doute que si nous prenons ces objets, nous serons semblables à l'ange.

Silencieux, ils contemplaient leurs trésors, trop dangereux pour continuer l'aventure. Disparaître ou mourir, quelle différence ? Ils venaient de comprendre que l'immortalité n'était qu'illusion.

Andrea frappa violemment la table de son poing.

— Quel intérêt de ne survivre que dans des formes, des objets, des tableaux ? C'est la vie, la vraie, qui en vaut la peine. Pas cette mascarade.

Ils restaient là, à méditer sur ce qui venait de leur arriver.

Gianni murmura :

— Peut-être sommes-nous tous en train de mourir.

Léa ouvrit les yeux à cet instant et regarda autour d'elle.

— Nini, où es-tu ? J'ai peur. Emmène-moi.

Elles s'engouffrèrent dans l'escalier, les abandonnant à leur destin.

Sur la place, elles retrouvèrent le bronze équestre de Verrocchio. Tout était réel. Le temps humide et brumeux.

Elles marchaient. Léa poursuivait ses souvenirs dans les ruelles de Venise, il lui semblait apercevoir son père au détour de chacune, suivant les flèches leur indiquant la direction,

Per San Marco
Per Rialto.

La jeune fille parlait à voix haute :

— Maurice, es-tu vivant ou mort ? Où te trouves-tu ? Viens me chercher. Attends-moi. Ne marche pas si vite.

Une phrase vint pénétrer son oreille :

— Oui, je suis Satan, et tu es bien ma fille, pas un hologramme, ni celle des tableaux, mais celle qu'il faut chercher.

— Nini, tu as entendu ?

— Quoi ?

— Rien.

Elles avançaient comme deux automates, l'église San Giorgio devant elles. Elles entrèrent. En haut de l'escalier, les moines, en rang, étaient là, dissimulés sous leur capuche. Une voix cristalline s'éleva :

— Partez. Ici vous ne trouverez rien. Laissez-nous en paix. Je sais ce que vous cherchez.

Je viendrai te voir dans tes songes, lorsque tu en auras besoin. Détourne-toi d'eux. Leur projet d'immortalité n'est qu'une chimère. Un prétexte à briser nos vies. Il est l'incarnation du Malin.

Les moines firent demi-tour et sortirent sans un mot.

— Viens, Léa, murmura Nini. Nous en savons assez. Il n'y a plus rien à découvrir. Chacun a choisi sa route.

C'était décidé. Léa retournerait une dernière fois dans la salle du conseil, pour les saluer, leur dire adieu. Elle voulait rentrer chez elle.

— Tu viendras avec moi ? demanda la jeune fille.

Elle se retourna. Nini n'était plus là.

La porte grande ouverte, une scène terrible l'attendait. Ils étaient tous les huit effondrés sur le sol, leur objet à la main. Elle s'approcha. Plus aucun ne respirait. Un homme se tenait là, debout, de dos, devant la cheminée. Immobile, il regardait les flammes. Il releva la tête. Son visage se figea dans le miroir. C'était Maurice, un léger rictus au coin des lèvres

Léa poussa un hurlement. Le lit dans lequel elle venait de se réveiller n'était pas le sien. La chambre était plongée dans la nuit.

Elle se redressa, cherchant un point d'appui. Ses mains jetées vers l'avant heurtèrent des parois verticales.

Elle se leva, se cognant contre un meuble, et cria :

— Maurice ! Maurice, tu es là ? Réponds-moi. Je ne vois plus les flammes dans la cheminée.

Elle écoutait le silence. Rien ne lui évoquait Venise, cette sonorité si particulière d'une ville plantée sur les eaux où, chaque matin, les bateaux, la voix des passants, leurs rires, leurs chants venaient faire écho aux clapotis sous les ponts.

Seul un bourdonnement sourd et lointain répondit à sa question. Elle prit un briquet dans la poche de son gilet. La petite lueur n'éclairait que ses jambes. Elle avançait, les bras tendus, comme si elle avait perdu la vue.

Pourtant des ombres étaient là, sur les murs. Sans doute les tableaux de la salle du conseil. Mais rien ne les lui rappelait. De gauche à droite, une flamme vacillait, éclairant, sur le mur en face d'elle, une vue de Venise, le pont du Rialto. Un peu plus loin, une femme penchée, un chat à ses pieds. Puis une Vierge portant un enfant, une scène de chasse. À nouveau, la peur l'étouffait, celle de ne plus rien savoir, de revivre cette sensation paralysante d'amnésie. Quel jour était-ce ? Quelle heure ? Quel mois ? Elle restait immobile, hébétée, attendant, les yeux fermés, qu'un indice l'arrachât à ce carcan de terreur sourde.

Des bruits de pas résonnèrent dans une autre pièce. Une horloge sonna sept coups, la ramenant à son enfance, lorsqu'elle faisait semblant de dormir, espérant que l'on oublierait de l'emmener à l'école.

Les bruits cessèrent. Elle chercha un interrupteur sur le mur, dans la pièce, qui lui semblait immense. Elle alluma. Une rampe éclairait un grand tableau. Une jeune fille, main sous la tête, semblait dormir. Une autre flottait, au-dessus d'elle, tenant une rose jaune.

Léa était devant *Le Rêve* de Balthus. Dans un mouvement de recul, elle heurta le canapé sur lequel elle avait dormi. Elle en reconnaissait les incrustations de nacre. Un M sur le montant semblait prédestiner ce meuble royal. La sensation douce et froide de cette matière blanchâtre encadrée par l'ébène, que les Chinois appelaient pierre de rêve.

Elle tomba sur le sol, secouée par les sanglots. Blottie, elle pensait ne plus jamais pouvoir se relever. Elle pleura ainsi, longtemps, seule. Léa venait de se réveiller dans l'appartement de son père, et reconnaissait les contours de la table basse sur laquelle était posé le coffret en malachite apparu dans sa nuit de cauchemar.

Cette boîte précieuse, exécutée par Froment Meurice à la demande de Balzac pour Madame Hanska, elle la caressa, sentant sous ses doigts les neuf lettres hébraïques formant les mots : ÈVE AIMÉE. L'homme qui l'avait offerte à son père lui avait dit de ne jamais l'ouvrir, car les disciples de Swedenborg la considéraient, telle la boîte de Pandore, pleine de malédictions.

Tout lui revenait. Elle se réveillait d'une nuit semblable à aucune autre. Ces visages rêvés, elle les avait vus des dizaines de fois, dans des galeries, des expositions, chez Maurice, à table.

On était le 25 mars. De cela aussi Léa se souvenait. Que faire de cet horrible matin ? Comment vivre cette journée, les autres ? Toutes les autres.

Le jour s'était levé timidement, comme pour s'excuser de la ramener à la réalité. Léa savait qu'il faudrait traverser cette journée comme accrochée à une cordée sur une paroi de glace.

Elle l'avait, toute sa vie, redoutée, la chassant lorsqu'elle se formait dans ses pensées. Elle croyait, tels les enfants qui ont peur du noir, que peut-être, pour lui, jamais elle ne viendrait. Elle poussa la porte du salon menant à la chambre où les volets métalliques étaient clos. Deux bougies distillaient une odeur de lys refroidi. Le soleil pénétra par l'interstice du rideau de fer, formant des faisceaux de lumière sur le visage de l'homme allongé.

Il portait son beau costume bleu sombre de cette nuit. Sa chemise blanche, son éternelle cravate noire en tricot. Sa grand-croix posée sur la poitrine. Son visage était lisse et calme. Il dormait d'un sommeil sans souffle. Il dormait pour toujours.

Léa s'approcha de son corps, s'agenouilla, écoutant son cœur muet. Penchée à son oreille, elle racontait son rêve, essayant de n'oublier aucun détail. Elle évoqua les visages rencontrés dans cette traversée. La découverte du tableau. Sa ressemblance avec la jeune fille couchée. Sa singulière fiction.

Nini était la vieille dame qui l'avait élevée. Seule Angie demeurait irréelle à son réveil. Léa ne l'avait jamais vue, sauf dans le Balthus ; ses traits inconnus demeuraient l'énigme de sa nuit.

Nini passa la tête dans l'entrebâillement de la porte. Elle avait pris sa retraite depuis de nombreuses années et était revenue ce jour-là pour être près de Léa. Elle entra dans la chambre.

— Tu es réveillée, ma chérie. Tu as dormi ?

— Si on veut. Et toi, ma Nini ?

— Pas vraiment. Il faut t'habiller. Des gens attendent au salon. Ils sont venus lui dire adieu.

La jeune femme mit un pull et un pantalon noir pour saluer les personnes présentes.

— Tiens, se dit-elle, ce sont eux les premiers.

Guy était assis dans le fauteuil, Attilio se tenait près de la cheminée, Alexis et son frère Nicolas admiraient un meuble. Michel avait allumé son premier cigare de la journée.

— Je suis émue de vous voir, leur dit Léa.

Guy, le premier, la prit dans ses bras.

— Ça va ma petite ? J'ai beaucoup pensé à toi. À ta mère qui n'est plus là...

Attilio l'embrassa à son tour. Alexis et Nicolas, partis dans la chambre du défunt, revinrent, les yeux rougis. Alexis leur dit ces quelques mots :

— L'enluminure de la famille Loredan sur le mur semble moins vive. Elle est, comme nous, éteinte par la tristesse. Je pense à notre père, lorsque avec Maurice ils nous racontaient de fabuleuses histoires.

Michel regardait *Le Rêve* de Balthus.

— Quel tableau ! dit-il. Quand je pense qu'il le lui avait offert. Il est vrai que pendant des années, ton père l'avait soutenu. Quelle toile sublime !

Il s'en était approché, ses lunettes remontées sur le front.

— Léa, je n'avais jamais remarqué à quel point la jeune fille endormie te ressemble.

Tous scrutaient le portrait.

— Oui, c'est vrai, dit Guy.

— C'est étrange, enchaîna Attilio.

— Qu'en penses-tu ? demanda Alexis. Léa, assise sur le divan de nacre, répondit :

— Vous trouvez ? Je n'avais jamais remarqué.

Guy reprit :

— Et l'autre jeune fille, qui peut-elle bien être ?

Léa ne leur répondit pas. Elle aurait bien aimé le savoir. Elle ouvrit la fenêtre. Derrière la fraîcheur du petit matin, l'air sentait le retour du printemps. Elle respira profondément, apaisée. Comme si, désormais, plus rien de grave ne pouvait arriver.

Elle repensait à la fascination de son père pour le rallongement des jours. Celui-ci se déroulerait dans la douceur implacable du destin, tel un rituel immuable, auquel elle s'abandonnait. Elle s'était endormie devant *Le Rêve* de Balthus, dans le salon attenant à la chambre de son père qui reposait là pour sa dernière nuit.

Sur les murs, certains tableaux avaient dessiné les contours du songe : cette vue de Venise, cette scène de chasse au monogramme TVF, la Vierge à l'Enfant étaient des éléments qui s'étaient insinués dans ses fantasmes, la menant à sa cauchemardesque rêverie.

Léa avait la certitude que les objets qui l'entouraient étaient ses complices. Ils s'étaient réunis chez celui qui, au long des années, leur avait donné refuge. Ils évoquaient la continuité d'un autre temps que le nôtre, le dépassant toujours, poursuivant leur destin de collection en collection. Ils étaient apparus dans le rêve de Léa pour dire à Maurice :

« Nous t'attendons dans l'éternité. »

Elle repensait à la vanité de cette confrérie de sainte Ursule, à ces hommes croyant pouvoir, grâce aux tableaux, gagner l'immortalité.

Dans ce matin, c'était l'inverse. Les objets étaient nos maîtres, disposant de moments éphémères dans nos vies pour prolonger la leur. À travers les œuvres d'art le monde se rêve lui-même.

Les gens arrivaient nombreux. Des poignées de mains aux embrassades. Des regards. Des mots échangés pour dire que tout avait pris fin. Les trop les pas assez. Ils étaient tous là. Ce rêve l'avait préparée à ce rendez-vous.

Léa retourna dans la chambre de son père. Il reposait maintenant dans son cercueil. Deux hommes en costume noir et gants blancs encadraient le catafalque. Il était prêt à partir pour sa dernière demeure. Cette expression lui semblait dénuée de sens.

La jeune femme leur demanda de la laisser seule, un instant, près de lui. Ils sortirent discrètement. Léa regardait le visage de Maurice, mais il n'était plus là. Son expression s'était figée dans un sourire qu'elle ne reconnaissait pas.

Sur la table de nuit, près du coffret de malachite, elle retrouva l'objet qu'ils avaient acheté ensemble, chez un antiquaire du quai Voltaire. Ce fut leur dernière promenade. Il l'avait pointé du doigt. Lorsqu'il eut cette précieuse relique dans la main, il la tendit à sa fille.

C'était un pion d'échec en ivoire rescapé du jeu de Charlemagne. Il représentait un roi sur son trône. Il lui dit qu'il connaissait l'objet depuis cinquante ans. À l'époque, il lui avait échappé. Aujourd'hui, il était là, à sa portée. Son visage fatigué s'était illuminé. Il en demanda le prix, et emporta ce trophée, qui venait refermer le cycle de son île au trésor.

Elle se souvenait de ses mots à leur retour :

— Tu vois, Léa, les objets sont ainsi avec moi. Et maintenant, peut-être, avec toi.

— Tu as un secret ? Donne-le-moi.

Il la regarda d'un air malicieux :

— J'ai signé un pacte avec le diable. En échange de mon âme, il m'a promis que tout ce que je désirais, je l'aurai, sans avoir à le chercher. Les femmes, les objets, les tableaux viendront me rendre visite.

Léa avait éclaté de rire.

— Écoute, reprit Maurice. Pour ce pion, c'est la même chose. Il m'a échappé. Et aujourd'hui, il est là. C'est tout. Si tu veux, je peux te donner le secret de mes accords avec Satan. J'ai le contrat, il est dans mon coffret de Balzac. Viens. Il suffit que tu le contresignes.

— Je croyais qu'il ne fallait l'ouvrir en aucun cas, et que celui qui le ferait serait à jamais maudit.

Ils riaient comme deux enfants. Des histoires semblables, il lui en avait racontées des dizaines.

— Léa, écoute-moi sérieusement. Tu verras. Ce que tu désires, tu auras toujours du mal à le trouver. Mais si un objet ou quelqu'un te cherche, c'est lui qui viendra à toi. Reste disponible à ce qui vient.

La voix de Maurice se faisait lointaine. Elle prit le pion, l'embrassa et le glissa dans la poche de son père. Quatre hommes descendaient à pas lents les trois étages de l'immeuble, le cercueil sur les épaules. Tous ses amis suivaient cette triste procession.

Il ne restait plus que le coffret sur la table de nuit. Ouvrir, soulever le lourd couvercle cerclé de bronze, ne serait-ce qu'un instant. Il lui fallait le faire maintenant. D'une main tremblante elle exécuta le geste interdit. À l'intérieur, elle crut apercevoir une photographie, un visage. Léa ne voulut pas comprendre ce qui reposait là, au fond de son secret. Elle refusa de se laisser happer par cet abîme ou ce mensonge et fit retomber le couvercle.

L'appartement avait perdu son âme, son maître, ses rites, ses dîners du dimanche soir, ses rendez-vous secrets. Maurice en refermait aujourd'hui la porte. Les tableaux s'étaient tus, les objets éteints. Le lieu se repliait sur ses souvenirs telle une plante carnivore. Léa savait que plus jamais elle ne reviendrait. Un chapitre de sa vie était clos.

Dans la cour, le convoi funéraire attendait. Les personnages de son rêve montèrent dans un minibus noir réservé aux intimes, derrière le corbillard. Elle repensait à la confrérie de sainte Ursule. Ils étaient assis les uns derrière les autres, le visage fermé sur leur tristesse.

« Quel curieux rassemblement », se dit-elle. Guy, Andrea, Michel, Alexis, Attilio et les autres. Pourquoi étaient-ils venus seuls, sans leurs épouses, leurs enfants ? S'était-elle endormie à nouveau ? Elle prit place près de Nini, et posa sa tête sur son épaule.

— Nini, j'ai fait un drôle de rêve cette nuit. Retourne-toi discrètement et regarde derrière nous. Que vois-tu ?

— Je vois les amis de ton père. Pourquoi me demandes-tu ça ?

— C'était eux ! Ceux qui sont apparus dans mon rêve. Ils formaient une sorte de secte. À quoi ça sert les rêves, Nini ?

— Je ne sais pas, ma fille. À mon avis : à rien. À pas grand-chose, en tous cas. Regarde, moi, je ne rêve jamais.

— Mais si tu rêves. Comme tout le monde. Simplement, tu ne t'en souviens plus. Tu sais, dans mon cauchemar, ils étaient tous morts. Et Maurice, lui, était vivant.

— Tu vois bien que ça ne tient pas debout.

— Nini, cela voulait peut-être dire que j'ai besoin de trouver quelque chose. Un secret, tu vois. Ils pensaient tous que Maurice était le diable et que j'étais sa fille. Tu crois que c'est vrai ?

— Je ne sais pas si tu es sa fille, mais ceux-là, ils doivent en connaître pas mal à propos du diable.

Le convoi démarra, commençant à sillonner lentement les rues de Paris. Léa regardait par la vitre. Elle avait l'illusion constante de voir marcher Maurice, comme il le faisait chaque jour, infatigablement. Par moments, des paysages se superposaient. Place de la Concorde, elle voyait San Marco, de la Seine au Pont-Neuf, elle se retrouvait sur le Rialto, enjambant le Grand Canal ; ils remontaient vers Montparnasse par la rue Mazarine, derrière le quai Conti. La place de l'Odéon devenait celle des Frari. Le jardin du Luxembourg transfigurait l'île des Morts, comme surgie d'un tableau de Böcklin.

Tout se mêlait, Paris, Venise, la réalité, la

fiction, la peinture. Léa ne savait plus si elle rêvait à nouveau.

— Nini, je crois que je deviens folle.

— Calme-toi, mon petit. On arrive. Elle pensait à voix haute :

— À quoi sert de rêver ? Cette obstination à vouloir rester soi-même, à empêcher la réalité de nous transformer. Les rêves sont là, ils montent la garde, protecteurs des secrets qui s'attachent à notre destinée. Nini, tu vois, mon secret, c'est que je suis la fille du Malin.

— Calme-toi, Léa, nous arrivons.

La jeune femme savait, depuis des années, dialoguer avec son inconscient. Elle en connaissait les méandres. Elle avait deviné la signification de cette longue nuit, tout y était logique, cohérent. Ce n'était plus le rêve qui l'inquiétait, mais la réalité, comme si, au cœur de cette journée, quelque chose manquait, sans qu'elle puisse savoir de quoi il s'agissait.

Personne ne pouvait deviner ce qu'elle éprouvait dans ce matin de mars. Depuis son réveil, la sensation de froid ne l'avait pas quittée. Le convoi venait d'entrer au cimetière du Montparnasse. Il s'immobilisa dans l'allée C, division 17. Les employés des pompes funèbres descendirent le cercueil, le déposèrent sur des tréteaux. Les hommes du rêve entouraient son corps devenu invisible. Les discours et les chants résonnèrent entre les tombes.

Des centaines de personnes étaient là. Le caveau avait été ouvert. Serpentant, tel le cours d'une rivière, tous attendaient de lui dire adieu.

Un grand panier d'osier était empli de roses multicolores. Chacun en prit une pour la jeter dans la fosse. Léa s'était mise à l'écart. Certains lançaient rapidement la fleur, d'autres y déposaient un baiser avant qu'elle ne vînt, à son tour, rejoindre les autres. Elle redoutait plus que tout l'instant d'approcher cette béance, attirée par le vide, pensant qu'il allait l'engloutir.

Léa aurait voulu aller à reculons, dérouler le film à l'envers pour ne pas avoir à y écrire le mot FIN, remontant le cours du temps, redevenant une enfant, rire encore. S'asseoir au bord du lit de son père, afin qu'il lui conte l'histoire de l'art et des objets, réelle ou inventée.

Entendre à nouveau sa voix lui dire : « C'est toi, mon ange ? » Mais il lui fallait avancer, aller jusqu'au bout. Tout le monde s'était éloigné, excepté les ombres de sa nuit.

Elles étaient là, formant un cercle autour de la stèle.

Elle s'avança. Ils s'écartèrent, puis le cercle se referma. Au moment de prendre une fleur, Léa sentit une main sur son épaule et lentement se retourna. Angie était là, debout. Elle lui tendit une rose jaune et, posant le doigt sur ses lèvres, l'invita au silence.

DU MÊME AUTEUR

Aux Éditions Galilée

L'UN POUR L'AUTRE, 1999 (Folio n° 3491)

Aux Éditions Flammarion

LETTRE D'UNE AMOUREUSE MORTE, 2000 (Folio n° 3744)

LES FLEURS DU SILENCE, 2001 (Folio n° 4116)

L'ANGE DE LA DERNIÈRE HEURE, 2002 (Folio n° 4228)

Aux Éditions Léo Scheer

LUMIÈRE INVISIBLE À MES YEUX, 2003

LE CERCLE DE MEGIDDO, 2005

L'OMBRE DES AUTRES, 2006

Aux Éditions Fayard-Léo Scheer

LE RÊVE DE BALTHUS, 2004 (Folio n° 4570)

Composition Nord Compo
Impression Maury
à Malesherbes, le 28 mai 2007
Dépôt légal : mai 2007
Numéro d'imprimeur : 129508

ISBN 978-2-07-030906-1/Imprimé en France.

136861